« … au fond, ce qui nous intéresse, nous fascine, ce n'est peut-être pas tant la réalité que la manière dont elle est transformée par ceux qui essaient de nous la montrer ou nous la raconter.
C'est le filtre posé sur l'objectif.
En tout cas, que le roman soit certifié par le réel ne le rend pas meilleur.
Voilà ce que je crois. »

D'après une histoire vraie – Delphine de Vigan – page 447
Éditions JC Lattès – Août 2015

Avant-propos

Lecteurs, ce dernier livre sera pour vous. Différent parce que le dernier. Il s'est imposé à moi comme la meilleure façon de vous remercier.

L'écriture m'a offert une nouvelle vie avec ces histoires que j'ai imaginées. Elles vous ont plu, elles m'ont étonnée. Vous avez aimé mon univers, à ma grande surprise et ma grande joie aussi. Nous avons, sans éclat ni grand discours, tissé la toile d'une relation riche et fidèle. Sans vous, ma vie n'aurait pas cette qualité et sans moi, vous me l'avez dit ou écrit, la vôtre peut-être aussi. Nos échanges furent souvent de l'ordre de l'intime.

Vous êtes nombreux à m'écrire, à me poser des « pourquoi » et des « comment » à propos de ma vie personnelle auxquels je ne réponds jamais. Alors, pour la première fois, je vais vous raconter comment tout cela est arrivé tant que je suis encore capable de le faire moi-même.

Âgée de soixante-quinze ans depuis peu, la logique de ces quinze dernières années je la perçois. J'ai toujours su que la dernière étape de ma vie serait vivante, mais jamais je n'aurais imaginé qu'elle le serait à ce point…

L'impossible est possible à tout âge ! On ne sait pas que cela existe, on ne le conçoit même pas et pourtant…

« … Je suis le funambule et j'aborde mon fil.
Je le connais par cœur, mais ce n'est pas facile.
Je suis toujours fragile, et puis la terre est basse.
Je me dis que mon fil, se pourrait bien qu'il casse.
Et j'ai peut-être peur ou bien peut-être pas… »

Sur un fil – Anne Sylvestre
Album « Dans la vie en vrai », 1981

Prologue

Tout a commencé ainsi. Il était une fois…

… à quelques mois de mes soixante ans, je me suis retrouvée seule. Ce fut un choc ; je n'avais pas participé à la décision. Le verdict avait été sans appel, le soir du 31 décembre à minuit : « notre histoire s'arrête là ». Il me planta sans chercher à prendre soin de moi. L'atterrissage fut brutal. Je devrais me débrouiller seule. « Tu es forte et tu t'en sors toujours, a-t-il dit, tu as du potentiel… » et blablabla, tout ce qu'on dit pour justifier qu'on se barre et qu'on ne donnera rien à l'autre car on veut tout pour soi.

Un choc vous dis-je. À soixante ans, ça remet les pendules à l'heure une affaire comme ça. La peur je l'ai sentie viscérale. Ne compter que sur soi et ne compter pour personne…

À soixante ans, on découvre le futur autrement. On sait qu'on ne pourra plus recommencer ou redresser certaines choses de sa vie. Trop tard : plus assez d'énergie, de temps. Et pourtant pour moi c'est à cet âge que tout a commencé.

Certains, refusant le changement, restent accrochés aux vestiges d'un passé sans pouvoir passer à autre chose et se complaisent à montrer leur souffrance, leurs manques en revendiquant parfois un statut de victime. D'autres, dans une frénésie de fuite en avant, s'étourdissent de relations, clament que tout va bien. Durant presque deux ans, j'oscillais de l'un à l'autre. Trop proche ou trop loin, selon les moments. Une sensibilité extrême, un avenir incertain, j'étais mal.

Après tant de mois moroses, de pleurs pour un rien ou pour un tout – les larmes disent ce qu'on ne peut pas nommer – de beaucoup de silence et solitude choisie, un matin, je me suis sentie bien avec moi-même. Je m'étais retrouvée. J'appréciais ma solitude, je la protégeais. Dans cette nouvelle étape, il me fallait conserver toute mon énergie pour ma nouvelle vie. Pas de temps à perdre avec des perturbations relationnelles. J'avais eu mon compte. Je gardais en dehors de mes enfants et de mon frère, quelques amis chers qui pouvaient se compter sur les doigts d'une seule main et cela m'allait bien.

Ce dimanche-là, je me suis sentie légère, même guillerette. Pendant mon petit-déjeuner, la radio diffusait Le Boléro de Ravel. J'ai augmenté le son, je me suis levée et j'ai dansé. Quand j'ai entendu l'animateur radio prononcer Maurice Ravel, j'ai réalisé que c'était fini. Alors j'ai recherché le CD dans le panier du salon, allumé le lecteur, introduit le CD et j'ai appuyé sur « play » plusieurs fois dans la matinée. Nous étions en été, il n'y avait personne dans l'immeuble, je ne risquais pas de déranger les voisins et j'ai dansé longtemps… Le rythme et le tempo invariables, la mélodie uniforme et répétitive… C'est exactement ce qu'il me fallait. J'ai dansé, tournoyé, sautillé, battu des bras, inventé des figures, des postures… Je me libérais de ces deux années ! J'avais réussi ! J'avais pris de la distance. Cela me fit un bien fou. Tout à ma légèreté retrouvée, je me sentais libérée d'un fardeau. Je n'étais obligée de rien.

Pour la première fois depuis des mois, mon avenir s'incarna dans une idée.

Le déménagement

Changer de lieu de vie. Trop d'énergies du passé dans cet appartement. Mais déménager c'est d'abord investir et je n'ai pas d'argent de côté. Le loyer élevé, que j'assume seule depuis bientôt deux ans, a avalé toutes mes économies. Une situation financière pas mirobolante. Pas de quoi payer une caution et rassurer un propriétaire. Rien de réjouissant.

Tout faire pour quitter cet appartement, changer d'état d'esprit et construire mon avenir. Je ne sais pas encore comment j'y arriverai. Une attitude de confiance dans la vie ne suffit pas. Aucune fée clochette ne m'apportera, d'un coup de baguette magique, un appartement sur ses petites ailes. Je retourne le problème dans tous les sens, la nuit, le jour… Ressassant, me plaignant, je glisse doucement, mais sûrement vers la victime impuissante et gémissante. Tout ce que je déteste. Puisque le circuit normal des agences et des cautions ne m'est pas accessible, je n'ai pas d'autre choix que de trouver une solution différente, même temporaire. Enclencher un autre mouvement devient ma priorité. Une émission à la télévision me donne l'idée d'occuper, momentanément, un appartement vacant. Et tout excitée par ce nouveau projet, je pars à la recherche d'une famille qui prépare son expatriation.

Internet n'était pas aussi développé. Aujourd'hui, j'aurai trouvé divers sites proposant trocs, échanges ou gardiennages d'appartements de tous styles et pour toutes durées. J'ai même entendu parler d'une société, créée aux Pays-Bas, qui propose des locations de bureaux disponibles à des particuliers pour qu'ils y logent. « Protection par occupation » telle est leur devise. La culture de l'échange, de la débrouillardise (puisque cela n'existe pas, j'essaie et je le crée) débutait. Uber n'était pas encore né. Les colocations étaient encore réservées aux étudiants. Que de changement en quinze ans !

Pensant qu'il sera plus facile d'y débuter mes investigations, je contacte une association d'expatriés. Mauvaise idée pour trouver un appartement, mais bonne approche dans la découverte de leurs préoccupations vis-à-vis de leur habitation française.

De fil en aiguille, j'apprends qu'un ami d'ami d'ami… d'ami de mon amie Rosalie est nommé sur un projet en Corée pour une durée minimum de deux ans, son entreprise vient d'y remporter un appel d'offres.

— Je vais organiser un dîner à la maison pour que tu fasses la connaissance de ce Martin.

— C'est vrai ?

— J'adore organiser des dîners, tu le sais bien, même si tu refuses mes invitations. Alors comme c'est pour toi… Ça me fait plaisir… Vraiment !

— Tu sais, mes refus ne sont pas contre toi !

— Bien sûr, je te prends comme tu es… Depuis le temps !

Cela fait des années que je ne vais plus dans les dîners en ville. Je m'y ennuie. Je préfère les invitations improvisées. Cette fois-ci, Rosalie, mon amie-sœur souhaite m'aider; pas question de refuser.

Je ne m'attarde pas sur la description des autres invités que je ne reverrai plus, du moins c'est ce que je croyais. L'un d'eux, trois ans plus tard, jouera un rôle d'accélérateur dans ma carrière d'écrivain. Mais ne grillons pas les étapes, à la date de ce dîner je n'ai pas écrit une ligne et je suis là pour une seule raison : rencontrer Martin.

Nous sommes huit convives approchant ou ayant déjà dépassé soixante ans. Il arrive à l'heure. Me regarde franchement lors des présentations puis ne semble plus s'intéresser à moi. Durant la soirée, je le surprends à me détailler du regard. Nous ne sommes pas assis côte à côte, mais presque en face l'un de l'autre, la table est ronde. Rosalie a pensé que c'était mieux ainsi. M'évalue-t-il ? Il n'est pas mal physiquement, du genre sec, musclé. L'écoutant répondre aux questions de sa voisine, je découvre son côté sportif et baroudeur : treks au Népal, traversée de l'Atlantique à la voile, plongée aux Îles Cocos, ski dans les Rocheuses. Bien qu'extrêmement sollicité par les convives, il n'étale pas ses exploits et répond de façon concise, montrant ainsi qu'il ne souhaite pas devenir l'unique objet de la conversation. Il désire profiter de sa mission en Corée pour mieux connaître l'Asie. La découverte du monde et des êtres vivants l'intéresse. À l'aise, courtois avec les femmes, il met pourtant une certaine distance dans les relations. Pas un mot sur notre affaire. Il prend congé dans les premiers, me gratifie d'un simple « ravi de vous avoir rencontrée, Esperanza, à bientôt », qui me laisse perplexe.

Drôle de prénom Esperanza. Je l'ai toujours aimé, il me met un peu à l'écart. La voisine de mes parents avait fui l'Espagne.

Recueillie par des Français, amis de sa famille, elle en avait épousé le fils. Les deux jeunes ménages s'étaient liés d'amitié et s'entraidaient. Mes parents avaient déjà un garçon, âgé de deux ans, mon frère Paul. Je reçus le prénom de ma marraine : Esperanza. Elle ne put avoir d'enfants et retourna vivre dans son pays. Est-ce pour cette raison ? Je le crus longtemps. Ma première vraie douleur… à l'âge de sept ans. Terminées ces longues heures, allongée sous le piano à queue, qui occupait une grande partie du salon, à l'écouter travailler durant des heures. Elle m'oubliait et les notes m'emportaient loin… J'adorais ces voyages musicaux. Des années plus tard, je reconnaîtrai les « Impromptus » de Schubert. Elle ne donna aucun signe de vie après son départ de France. Je pensais compter pour elle, en tant qu'unique filleule, et elle oublia même mon anniversaire. Une grande déception… Je choisirai l'allemand en deuxième langue, pas l'espagnol. Je n'ai jamais osé, même plus âgée, aborder ce sujet avec mes parents.

Rosalie se confond en excuses, trouve que « ce mec est nul. Il est invité pour te rencontrer, te parler de son appartement et il n'aborde pas le sujet, je suis désolée. ». Et moi de lui répondre « Ne t'inquiète pas ; il observe d'abord. On verra bien. Step by step. ». En fait, je ne sais pas pourquoi j'ai répondu cela, l'anglais ce n'est pas trop mon truc. Déjà ce dîner produisait un changement. Rencontrer un homme inconnu, projeter d'habiter chez lui, c'est-à-dire partager de son intimité, même s'il était absent… Houla ! … Une autre peur s'insinuait. Peur ou désir ? J'en étais la première étonnée. Envisager concrètement ce déménagement provoquait déjà une modification. Depuis deux ans, tournée vers une vie future solitaire, les hommes ne faisaient pas partie de mes préoccupations. Je n'avais rien contre, mais comme toute bonne féministe des années 68, j'avais la certitude qu'il fallait s'assumer et être autonome pour réussir une relation à deux. Ce loyer trop élevé interdisait tout extra, j'en avais conclu que la vie avec un homme n'était pas possible. Lecteurs, quand j'écris cette phrase, je la trouve incohérente. À l'époque, je raisonnais ainsi. J'avais une logique qui ne me semble pas logique aujourd'hui.

Prudence, lecteurs, ne partez pas sur une fausse piste. Vous connaissez mes livres, jamais je ne vous donne les ingrédients d'une histoire d'amour dès le début de l'ouvrage. Ce serait une construction simpliste. Elle s'élabore dans le cours du récit ou le clôture en apothéose. Vous mettre sur la piste trop tôt, ne serait pas vous respecter. Comme dans la vie, une histoire se construit sans bruit, à notre insu. Elle se dévoile ; c'est alors que nous faisons les liens ou repérons les indices auxquels nous n'avions pas prêté attention. Dans ce récit, c'est la même chose. Une difficulté supplémentaire : vous êtes dans et en dehors de l'histoire. Tout l'art du narrateur est de réussir à vous faire rester dedans. Les grosses ficelles vous en feraient sortir et ceci en serait une.

Pour le moment, nous sommes avec une femme de bientôt soixante-deux ans, qui sort la tête de l'eau après avoir reçu un grand coup sur la cafetière. Elle entrevoit des possibilités nouvelles à la suite d'un changement qu'elle vient d'initier… Mais rien n'est fait pour le moment.

Me voici à nouveau secouée, mais cette fois-ci dans le bon sens. Le désir c'est de la vie et elle revient en moi. Je poursuis mes investigations auprès de responsables d'expatriés dans les Directions de Ressources Humaines de sociétés internationales. Je fais connaître mon projet. « Je me bouge » comme diraient mes enfants.

Au bout d'un mois, une femme me téléphone, se recommandant d'un de mes contacts. Après les salutations d'usage :

— […] Mon époux est nommé à Boston pour trois ans au moins. Je le rejoins dans un mois avec notre dernière fille, j'ai trouvé un poste là-bas. Nous hésitons à laisser notre appartement parisien vide. Deux de nos enfants suivent des études supérieures en Europe. Devons-nous louer notre appartement ? Nous nous posons beaucoup de questions et j'aimerais savoir comment vous voyez les choses. […]

Notre échange dure un moment. Nous convenons qu'ils doivent avoir pris une décision avant de me rencontrer. Deux « ouvertures » en deux mois, je suis dans la bonne direction, d'autres viendront. Mon projet n'est pas si fou. Persévérons et je finirai bien par conclure.

Quelques semaines passent, Rosalie m'informe que Martin lui a demandé mes coordonnées. Passée à autre chose, je l'ai presque oublié. Dans la journée, il laisse un message sur mon répondeur : « Accepteriez-vous de dîner avec moi prochainement pour parler de ce projet d'appartement ? Votre date sera la mienne. Vous pouvez me rappeler au 06… ». Je me sens à la fois contente et inquiète. Des années que je n'ai pas été invitée à dîner par un homme que je ne connais pas ! Cela me perturbe. Je ne veux pas tout mélanger. Je le rappelle et lui dis simplement que je préfèrerais un déjeuner. « Pas de soucis, me dit-il, on traite mieux les affaires dans la journée. » Et nous prenons rendez-vous. Une chance, son bureau n'est pas trop éloigné de la radio où je travaille.

Proche de la retraite, Martin a acheté cet appartement pour ses vieux jours. Ne sachant pas comment se déroulera cette dernière mission professionnelle, il désire se sentir tranquille, dégagé de tous soucis concernant son habitation parisienne. Il souhaite pouvoir y revenir de temps en temps et la récupérer à la fin de sa mission. Bref, il veut le beurre, l'argent du beurre, mais ne me dit pas s'il veut la crémière dans le camion du laitier ! ... Je suis surprise par mes pensées.

Il hésite à contacter une agence pour louer ce bien. Gérer des locataires à distance lui semble lourd voire risqué. Depuis le dîner chez Rosalie, l'échange de services lui semble une idée à creuser même si nous n'avons pas encore abordé le sujet ensemble. En habitant les lieux, je protègerai son appartement, l'informerai des entretiens nécessaires. Un appartement inhabité se dégrade. Il se sentira plus tranquille le sachant occupé. Par contre, je dois m'engager à partir sans chercher à m'incruster lors de son retour définitif. Incroyable la situation se renverse. C'est moi qui lui rends service. Trouver une personne qui accepte de prendre ce risque lui semble inespéré. Je modère son enthousiasme. Il a tout décidé, c'est tout vu, c'est ok. « Doucement monsieur Push, laissez-moi me faire à l'idée ! ». Étonné par ma réaction, il me regarde un peu inquiet. « Ce n'est pas ce que vous vouliez ? ». Visiblement il ne connaît rien aux femmes. Oui c'est ce que je veux. En même temps cela me fait peur. Donc pas de pression.

La vie est surprenante par ses opportunités ! Ses cadeaux imposent d'être réactive pour ne pas les rater. Je mets les choses au point. D'abord, je souhaite visiter l'appartement. J'ai besoin de ressentir ce lieu pour m'y projeter. Combien de pièces ? Comment répartirons-nous l'espace ? Je désire payer un loyer. Je suis dans le concret. Une petite étincelle apparaît dans ses yeux. Il m'avoue que ma façon de prendre les choses lui facilite la vie. En effet, le fait que je sois une femme l'a freiné. Une des raisons de son appel tardif. J'apprécie sa sincérité.

L'invitation à visiter son appartement le week-end prochain arrive à la fin du repas. Il ajoute : «Je ne le décris pas, vous le découvrirez par vous-même.». Nous nous quittons rapidement, les déjeuners en semaine ne s'éternisent pas, chacun repartant travailler.

Le samedi suivant, comme convenu, je me rends à l'adresse indiquée, un peu en avance pour faire le tour du quartier. Préoccupée par mes problèmes financiers, je regarde l'environnement sans le voir réellement. Quel montant de loyer Martin va-t-il me demander ? Qu'est-ce qui est juste ou pas ? Je voudrais trouver un appartement à la hauteur de mes moyens et, enfin, enclencher une vie nouvelle. Je repère, malgré tout, un Leaderprice et quelques petits commerçants assez simples. Des immeubles en construction à chaque coin de rue me donnent l'impression que le quartier est un vaste chantier. Pas déplaisant, je suis aussi en phase de transition. Dès le premier coup d'œil, j'ai le sourire. L'immeuble compte six étages. Martin habite au dernier et de la rue, j'aperçois une terrasse. «Ça sent bon...» me dis-je.

Le hall est vaste, élégant, mais pas prétentieux. Je monte au dernier étage. Martin m'accueille dans un appartement lumineux et spacieux. « 120 m^2 m'annonce-t-il avec un grand sourire, 4 chambres, un living-room, 1 cuisine, 2 salles de bain, 2 WC, un double parking et une cave. On ne se gênera pas quand je serai de passage.». Je souris, car je ne peux m'empêcher de fredonner intérieurement ♫♪♫♫♪ «... une petite maison avec chambre, et cuisine, salle de bain, living-room… pipi-room… et et et… placard aux balais ! » 1 que nous chantions à tue-tête avec mes enfants et maintenant mes petits-enfants. Je me demande quel montant de loyer peut bien correspondre à de telles prestations. Une déception pointe le bout de son nez, je ne pourrai pas payer. Nous visitons. Toutes les pièces donnent sur une terrasse qui s'élargit devant la baie vitrée du salon.

— Je n'ai pas vraiment aménagé sachant que je partais et ce minimum me convient.

Il y a peu de meubles, je pourrai amener les miens.

Nous buvons un thé sur la terrasse. Elle n'est pas encore aménagée.

— Alors me dit-il ? Vous êtes bien silencieuse. Ça ne vous plaît pas ?

— Si, c'est un bel appartement !

— Je l'ai acheté sur plan et je dois dire que je m'y plais, bien que je n'y habite que depuis six mois.

— On voit le ciel de toutes les pièces, on peut respirer ! J'ai besoin du ciel quand je me lève le matin. Rêver devant l'infini tout en prenant son petit-déjeuner, m'agrandit le cœur et plante ma journée dans…

— On poursuit notre affaire ?

[1] *La sorcière du placard aux balais*, un opéra de Marcel Landowski d'après un conte de Pierre Gripari. Collection Grand répertoire, éditions Gallimard Jeunesse Musique

Mes états d'âme ne l'intéressent pas. Je décide de taire mes inquiétudes quant au montant du loyer et attends de voir ce qu'il me propose.

— Esperanza, j'ai réfléchi, vous avez raison pour le loyer, c'est plus clair. Je vous propose un montant de six-cent-cinquante euros par mois charges comprises et je vous laisse l'accès à l'appartement sauf deux chambres et une salle de bain. La mienne et une seconde pour entreposer mes affaires. Ainsi vous pourrez amener les vôtres. Vous vous sentirez chez vous et n'aurez pas peur d'abîmer quoique ce soit. La cave est vide, elle sera à votre disposition aussi. On précisera par la suite, je ne vois pas clair sur certains points. Qu'en pensez-vous ? Ah j'oubliais vous vous engagez à me rendre l'appartement à mon retour en France. Je vous préviendrai au minimum trois mois à l'avance. Je vais réfléchir à un contrat qui mettra noir sur blanc nos engagements réciproques.

Je prends une grande respiration. Je suis très calme au fond de moi. Et pourtant une petite voix me dit : « ce n'est pas possible, il y a un loup quelque part. Ton loyer sera de deux tiers moins cher que ce que tu paies actuellement pour un appartement plus grand avec une terrasse, même si deux chambres seront inaccessibles ».

— Martin, ça me semble correct. Puis-je vous donner ma réponse d'ici la fin de la semaine prochaine ?

— Bien sûr, c'est une sacrée décision que vous prenez là.

— Une question. J'ai des enfants et des petits-enfants. Certains n'habitent pas Paris, pourrai-je les recevoir ?

— Vous serez chez vous et recevrez qui vous voulez cela ne me regarde pas. Si vous avez besoin ponctuellement d'une chambre supplémentaire, vous pourrez prendre la mienne. Quand je reviendrai en France, ce sera peut-être plus difficile pour la cohabitation si vos enfants et petits-enfants sont présents. On trouvera bien une solution. Je n'ai aucune idée du nombre de fois par an où je devrai revenir au siège parisien de ma boîte.

Je sors dans la rue, stupéfaite. Tout est si fluide, simple, direct. Je ressens une proximité semblable à celle que j'avais, adolescente, avec mes copains. Nous nous comprenions, avions des activités communes, un avenir possible et nous rendions service. Je retrouve ces mêmes sensations au contact de Martin.

Lors du dîner chez Rosalie, j'ai entrevu la vie en bande de ces soixantenaires. Cela m'a étonnée, voire amusée. J'ai toujours fui les bandes même si j'y étais invitée occasionnellement. L'effet de groupe ? La difficulté à faire entendre sa différence ? Aujourd'hui, je pourrai apprécier le côté rassurant de l'appartenance. Mais je n'ai plus envie de faire d'efforts en me pliant à ce qui ne me convient pas. Passionnée par mon travail et mes enfants, j'ai consacré peu de temps aux loisirs amicaux. Des amitiés professionnelles fortes, le temps a filé sans bande de copains. Cela ne m'a pas manqué.

La décision de changer d'appartement produit déjà de l'effet : une autre énergie, un autre environnement.

Enquêter sur Martin avant de prendre une décision. Rosalie, amie toujours présente, se charge des recherches. Marié dix-huit ans, Martin vit seul depuis des années, on ne lui connaît pas vraiment d'aventures. Charmant, de bonne compagnie, mais résolument hermétique dès qu'il s'agit de sa vie privée. Un fils marié, vivant aux US, qui ne souhaite pas revenir en France et attend prochainement de recevoir la nationalité américaine. Apprécié des hommes comme des femmes, beaucoup de relations amicales, mais pas d'ami intime connu. Solitaire et sociable c'est ainsi que plusieurs le définissent. Côté travail, une certaine stabilité. Ingénieur des travaux publics, il a toujours été employé par les grands groupes internationaux. Dans ce projet coréen, il encadrera, entre autres, deux jeunes ingénieurs prometteurs. Une des raisons qui l'ont incité à accepter cette dernière mission. Bonnes références ! S'il a mis du temps à m'appeler, il a, lui aussi, fait sa petite enquête sur moi. J'ai passé l'épreuve avec succès, semble-t-il.

Je téléphone à mon frère Paul pour lui raconter mes dernières aventures. Il m'encourage, me félicite. Même s'il habite au Canada depuis vingt ans, nous sommes proches et nous appelons régulièrement. Cela fait du bien de se sentir soutenue, comprise. Mon frère connaît beaucoup de moi comme moi de lui. À la soixantaine, les personnes qui vous ont connue enfant sont rares. Sans être fusionnels, nous avons toujours respecté ce lien du sang. Chacun connaît le fil rouge invisible de la vie de l'autre, telle une mémoire bienveillante qui facilite la compréhension malgré l'éloignement. J'aime le regard qu'il pose sur moi. Sans complaisance et avec sincérité, il me rend toujours plus forte que je le pense. J'espère qu'il ressent la même chose de moi. Dans une vie, un regard de cette nature, posé sur soi, donne une belle assurance. Ce qui nous relie est bien plus qu'une histoire de génétique. Je peux compter sur lui, il peut compter sur moi tout simplement. C'est pour la vie.

Rosalie, ma chère amie, envie nos relations fraternelles. Aînée de cinq enfants qui ne s'entendent pas, elle m'appelle sa « sagesse ».

Je l'ai beaucoup écoutée me parler de tout ce désordre relationnel. Cela lui faisait du bien.

— D'un lourd ces relations méfiantes, ces alliances des uns contre les autres.

— Je vois comme c'est pesant pour toi !

— Ces non-dits ou trop-dits…

— J'imagine…

— Tout est prétexte à…. Comme je t'envie avec Paul…

— Oui c'est simple avec lui.

Rosalie m'émeut quand elle révèle une part de son intimité à travers une histoire insoupçonnable. Sa vitalité, son énergie font mon admiration. Nous nous connaissons depuis longtemps. Au départ de mon frère pour le Canada, elle est devenue plus proche. Nos différences nous réjouissent et puis l'amitié, ça ne se commente pas.

À la retraite depuis deux ans, après avoir travaillé dans la communication et l'évènementiel, Rosalie se consacre à sa passion : peindre. Très habitée par son inspiration artistique, elle déchire des parties de ses toiles, crée des vides ou applique des morceaux de carton qu'elle balafre ou de fines planches de bois qu'elle casse et fait dépasser du cadre – en hauteur, largeur ou profondeur – donnant un volume à ses tableaux. Il s'agit bien de tableaux, ce ne sont pas des sculptures.

Cette femme toute menue s'exprime dans un travail d'abord physique. Sa création artistique canalise sa violence et la transforme. Son engagement dans cette transmutation donne une présence forte à ses tableaux. Une des raisons de son succès ?

Ses couleurs n'en sont pas. Elles ressemblent plus à une matière épaisse et puissante qu'elle appose à la brosse et qui explose à nos yeux. Son bleu pâle original porte une force d'attraction irrésistible. Cela pourrait être mièvre un bleu pâle, c'est cousin du bleu ciel, bleu layette ou bleu Sainte Vierge… et bien non, son bleu révèle l'épaisseur du blanc en le traversant. Elle le pose toujours en dernier. Il achève la création donnant la lumière à l'ensemble par un déséquilibre. Sa force créative m'impressionne. Elle me dit souvent : «j'ai tellement de choses à sortir que ma peinture c'est de la castagne, mais qu'est-ce que c'est libérateur. J'aurais dû commencer plus tôt.». À la soixantaine, elle s'éclate sur tous les plans de sa vie, elle est impressionnante de vitalité.

Je pourrais vous écrire tant de pages sur Rosalie. Sa peinture l'a libérée de ses tourments familiaux. Elle ne m'en parle plus. Elle en nourrit son œuvre en l'extirpant du profond d'elle-même.

Rosalie est mon amie-sœur.

Reprenons mon récit. Je parle de ce projet de déménagement à mes enfants. Leurs avis et celui de leurs chéris comptent. Connaissant ma situation financière, ils trouvent l'idée tout à fait pertinente. À certaines questions, je comprends qu'ils espèrent que je retrouve l'Amour. La solitude d'un parent est toujours lourde à porter. Ils s'impatientent à l'idée d'attendre pour visiter l'appartement. Certains veulent faire la connaissance de Martin, ce à quoi je m'oppose :

— Je n'ai pas quatorze ans, mais soixante-deux ans trois quarts ! Cela fait des années que je ne vous demande plus de me présenter vos amis.

— Mais tu es seule et tu dois être prudente… !

Jamais je n'aurais imaginé que les rôles de parents-enfants s'inverseraient si tôt. Je ne me laisse pas faire, je préserve mon intimité même s'il n'y a rien de très personnel. L'affection, la tendresse, le souci de l'autre sont autant de qualités relationnelles qu'elles gardent une juste distance. L'excès de protection se gère avec légèreté et reconnaissance quand l'intention est pure et le respect présent. À moi de mettre les limites, quitte à créer une frustration passagère qui sera salutaire pour tous. Je n'appartiens à personne. Personne ne m'appartient.

Tous les feux sont au vert, je déménagerai prochainement. Première étape franchie !

En route pour l'écriture

Installée depuis trois mois déjà dans l'appartement de Martin, j'ai commencé la supervision de son jardinier paysagiste pour l'aménagement de la terrasse. « Faites-la à votre goût, m'a-t-il dit, je suis certain d'avoir une bonne surprise ! ». Avant son départ, nous avons rencontré les voisins du dessous, un couple avec deux enfants puis le syndic de l'immeuble. Il a ouvert un compte bancaire réservé à la gestion de l'appartement. Mon loyer y est viré automatiquement tous les mois. J'ai un bail en bonne et due forme. Je pourrai ainsi, lors de son retour définitif, justifier du règlement d'un loyer auprès d'un futur propriétaire, mais nous n'en sommes pas là.

J'ai vite trouvé mes marques, ayant préféré m'installer, durant le week-end de la Toussaint, après le départ de Martin.

Nous nous sommes tous retrouvés, enfants et petits-enfants, à Noël. Le calendrier des belles-familles ayant été géré, il y a quelques années, de façon à ce que chacune puisse être au complet régulièrement pour fêter Noël ensemble. Cette année, coup de chance, c'était à notre tour. Ce fut joyeux. Nous nous sentions chez nous, la terrasse donnait un espace supplémentaire. Ma chambre était occupée par un couple de mes enfants de province, les autres logeaient chez mes enfants parisiens et les enfants tournaient chaque nuit avec leurs cousins entre les deux appartements. Quant à moi, je dormais dans le salon. La chambre de notre « cher échangeur », comme l'appelaient mes enfants, resta vide.

Mais l'écrivain dans tout cela, se disent, peut-être, les impatients. L'écrivain n'existait pas encore. Depuis mon plus jeune âge, les livres sont ma passion. Aimer lire est-ce que cela fait un écrivain ?

Enfant toujours plongée dans un roman pour m'échapper du quotidien je vivais par procuration, j'inventais ma vie. Je lisais tout ce que j'avais le droit de lire à la « Bibliothèque pour tous » de mon quartier. J'y passais rapidement chaque soir, en sortant de l'école, et une partie de mes jeudis après-midi. La responsable m'aimait bien. Elle me confiait des tâches comme ranger des livres dans les étagères ; plus tard, tenir le cahier d'enregistrement des prêts et des retours. Elle m'apprit à préparer les livres neufs ou restaurer les abîmés. J'aidais à l'accueil des lecteurs. C'est sûrement de cette expérience que me vient ce goût de découvrir un livre par son poids, sa forme, son odeur et le toucher du papier. Une rencontre sensuelle d'abord. Jeune femme je serai reçue au diplôme de « bibliothécaire pour tous », présenté juste par plaisir, reconnaissance et fidélité.

Les livres, comme des amis, m'ont permis de trouver des raisons d'être et de vivre. Ils m'ont fait découvrir d'autres modes de pensées, oser mettre en cause ce qui ne posait pas de question dans mon environnement et construire mes propres valeurs, mes cohérences. Ils furent aussi mes grands ennemis. Me réfugiant hors du réel dans leurs bras, ils ne m'ont pas poussée à agir, oser, exprimer. Ils m'incitaient à rêver ma vie. Un jour, j'ai même perdu le goût de lire, sans comprendre pourquoi. Puis, j'ai capté : les livres étaient mes indicateurs, des révélateurs de mon état d'être. Je m'étais enfermée, rigidifiée dans des certitudes provenant de lectures d'un seul auteur. Je ne pouvais plus ingurgiter quoique ce soit, tant que je ne m'étais pas retrouvée pour penser par moi-même. Je devais digérer puis éliminer ce qui ne me convenait pas avant de croiser d'autres réflexions. Trois ans de jachère, durant lesquels je feuilletais des journaux ou des magazines sans pouvoir prendre un livre, quel qu'il soit, entre les mains.

Lire oui, mais écrire… pas pour moi ! Au lycée je n'étais pas bonne en français. Son enseignement centré, jusqu'à la classe de seconde, exclusivement sur l'orthographe et la grammaire me pénalisait. De mauvaise en orthographe, je fus étiquetée mauvaise en français. L'écriture ne me concernait pas. Pour mes trente ans, une amie m'inscrivit dans un atelier d'écriture pour quelques séances. Difficile de refuser, même si le souvenir des jugements humiliants de mes professeurs freina mon enthousiasme. Mon univers surprit, intéressa le groupe et l'animateur, à mon grand étonnement.

J'ai continué, en quittant l'atelier, à écrire sur des petits carnets : une sorte de journal. La solitude me convenait mieux.

Ces réflexions vous montrent mon amour pour la lecture, mon respect pour les auteurs, mais vous restez toujours sur votre faim. Comment et quand ai-je commencé à écrire pour un éditeur ? Quand a été publié mon premier livre ? … Si mon récit fait quelques détours, et ne progresse pas, je vous prie de m'en excuser. J'ai besoin que vous me compreniez de l'intérieur, que vous sachiez qui était cette femme de soixante-deux ans, d'où elle venait.

Reprenons. Ce nouvel appartement me tend les bras. J'ai de l'espace, je m'y sens bien. Mes quelques meubles, lampes et tableaux ont trouvé leur juste place. L'ensemble est à mon goût, harmonieux pour mes yeux et sobre pour mon âme. J'ai plaisir à rentrer « chez moi » après ma journée de travail. Je me sens dans un doux cocon. Cela me fait un bien fou. Je savoure ma nouvelle vie et ce bienheureux changement. L'énergie de « notre cher échangeur » ne m'envahit pas, au contraire elle m'aide à me renouveler et c'est ce que je voulais. Éprouver physiquement autre chose, sans lien avec les personnes du passé, pour me replanter dans une nouvelle terre qui donne à ma soixantaine d'autres élans.

La fenêtre de la cuisine s'ouvre sur la terrasse. J'y prends mon petit-déjeuner à l'aube, habitude qui date de l'époque où mes enfants étaient petits afin d'avoir un moment à moi. J'aime découvrir les premières lueurs dans le ciel, comme dans une œuvre de James Turrell[2] ou de Zao Wou-Ki.[3] Je regarde les primevères s'ouvrir. Ça sent le printemps alors qu'il n'a pas encore pointé le bout de son nez. Je suis impatiente de découvrir les saisons sur la terrasse. Goûter l'infini du ciel chaque matin est une méditation, médiation indispensable à l'équilibre de ma journée. Ce rituel se complète selon les jours et mes humeurs, par l'écriture sur des petits carnets. J'inscris régulièrement les faits marquants de ma vie, les réflexions d'un moment, le pouls ou la température de mon humeur. Je n'ai jamais pensé être publiée. Construire un récit intéressant qui serait lu par des étrangers me semble inaccessible. Je chercherais la perfection : l'ennui assuré pour un lecteur.

Durant les premiers mois de mon installation, j'ai seulement envie de profiter de ce lieu, alors, je recopie, chaque matin avant de partir à la radio, mes anciens petits carnets sur mon ordinateur. Ce que j'y lis me semble d'une autre époque : suradaptation, plainte tout en sublimant et rêvant ma vie. Je crois donner une image

[2] James Turrell : artiste américain né en 1943 dont les principaux médias d'expression sont la lumière et l'espace

[3] Zao Wou-ki : peintre chinois naturalisé français (1920-2013)

forte pour l'extérieur alors que je manque de confiance en moi et vacille. Ce contrôle ne trompe personne sauf moi-même. J'attire des semblables, qui rêvent leur vie, sont fragiles et vivent des relations perturbées. J'en prends conscience peu à peu, tout en transcrivant mes journaux des années passées. Je redécouvre ma vie sous un angle insoupçonné. Je pensais m'exprimer clairement et simplement, or, mes propos sont édulcorés ou incompréhensibles. Je ne sais pas me positionner pour moi ; le bien-être ou la souffrance des autres ayant plus d'importance. Mes paroles sont diluées. L'impuissance transpire à travers mes écrits ! Cette prise de conscience est un choc salutaire. J'efface tout ce que je viens de taper et déchire les petits carnets. Sans rage, mais avec une froide et calme détermination. À soixante-deux ans, je pense à ce que je veux laisser ou pas derrière moi. Ces carnets sont inutiles. Non pas que j'en ai honte, mais à quoi bon renforcer par l'écrit ce que mes enfants ont vécu ou subi de mon fait. Ils le savent dans leur être, car je leur ai transmis. Comme ils savent que rien n'est jamais fini pour un être humain tant qu'il est en vie.

Cette femme n'est plus, c'est une évidence. Si je l'ai vue, c'est que je suis une autre. Au lieu de m'attrister, cette découverte me dynamise, m'ouvre des portes. J'ai vécu une vie plus passive que je ne le croyais. J'ai mis tant d'années à m'en apercevoir ! Un nouveau monde s'ouvre à moi avec des possibilités relationnelles différentes… Une autre Esperanza à découvrir !

J'arrête d'écrire pendant trois mois. Impossible de poser un mot sur mon journal que je rédige maintenant directement sur mon ordinateur. Mes doigts sont au-dessus du clavier, mais rien ne monte de l'intérieur. Je me sens vide. Je l'accepte, il n'y a rien d'autre à faire.

Quand je rentre le soir, je lis ou regarde à la télévision des talk-shows. J'adore écouter les gens raconter leur vie, débattre : j'apprends beaucoup de choses. Un couple d'amis m'emmène parfois faire des promenades aux environs de Paris et nous dînons sur la terrasse en rentrant. Nous nous connaissons bien. Je sors peu, malgré les invitations répétées de mon amie Rosalie et sa bande de soixantenaires. Je n'ai pas envie de rentrer dans une bande je vous l'ai déjà dit. J'aime ma liberté, mon anonymat dans Paris. Je préfère la voir seule comme mes rares amis.

L'été s'annonce par les longs week-ends de mai. Je profite de la terrasse, bronze, jardine. Je me réfugie dans cet appartement où je me sens bien. L'immeuble se vide les vendredis et se remplit les dimanches soirs.

Les voisins du dessous, Bastien et Paula, m'invitent à boire un verre et me demandent un service. Partant en vacances en juillet, ils s'inquiètent de l'arrosage des fleurs de leur balcon et de leurs plantes d'intérieur. À part des bonjours polis dans l'ascenseur et quelques compliments sur leurs enfants, nous avons peu de contacts. Il n'y a pas de concierge dans l'immeuble.

Leur intérieur me déçoit, il est meublé sans surprise. Aucune personnalité. Du confort, des couleurs banales, des tissus quelconques, même le tapis est commun. Un appartement bourgeois classique, sans odeur ni saveur. Je n'aime pas leurs plantes vertes, trop lustrées. Un long balcon court autour de l'appartement agrémenté d'un fouillis de plantes de toutes sortes. Madame a la main verte, paraît-il ! Le seul endroit que j'apprécie : il est vivant ! En remontant l'escalier pour rentrer chez moi, je me dis « c'est fou comme on peut abîmer un bel espace ! » et pourtant j'ai fait une rencontre qui va changer ma vie. Comme quoi, il faut savoir saisir les opportunités au-delà de ce qu'on voit !

Paula ne dit pas grand-chose, son mari occupe tout l'espace passant d'un sujet à l'autre, il n'arrête pas de parler. Cela ne semble pas la gêner. Avec les années j'apprendrai à la découvrir. Mère avant tout de ses deux fils – âgés de sept et neuf ans quand je les ai connus – je dirai même, mère jusqu'au bout des ongles. Mère avant d'être épouse, ce qui ne semble pas perturber Bastien, son époux, embarqué dans ses affaires et nombreuses autres responsabilités.

Nous nous entendrons bien toutes les deux, une amitié de bon voisinage, sans pour cela être intimes. Chef de projet dans un laboratoire pharmaceutique, sa vie est assez régulière. En dehors de ses fils, ses plantes, la lecture et le sport la font vibrer. Le cheveu court, blond vénitien, une peau laiteuse parsemée de quelques taches de rousseur, Paula est une petite femme, très bien proportionnée et musclée. Elle forme, avec son mari, un couple sympa de quarantenaires. Mais je n'aime pas leur façon d'aménager leur appartement, il est sans âme.

Bastien, président du conseil syndical, veut établir une liste des présents et absents durant l'été pour pouvoir se contacter en cas d'incidents. C'est un homme d'action, de responsabilités et même de pouvoir. Je percevrais aussi rapidement la sensibilité et la délicatesse de l'homme pudique. Il souhaite organiser un apéritif avec tous les habitants de l'immeuble. « Sur votre terrasse ce serait idéal ! » me dit-il avec un œil malicieux.

Je suis coincée et je déteste cela. Mon premier mouvement intérieur est un « Non, personne chez moi, surtout pas. Je ne veux pas être envahie.» Avec un grand sourire, je réponds :

— Oui, cela semblerait idéal, mais non. J'apprécie cet immeuble pour ses relations de voisinage discrètes. Cela aurait pu être une bonne idée !

— Qui ne tente rien n'a rien ! répondit-il en riant. Vous êtes écrivain ?

— Non, pourquoi ? dis-je interloquée

— Vous en avez la tête. Vous portez quelque chose de littéraire…

— C'est comment la tête d'un écrivain ?

— Je les côtoie beaucoup, je travaille dans une maison d'édition et quand je vous croise je me dis à chaque fois : elle écrit ou elle va écrire.

— Bastien, vous êtes devin ! Sincèrement, j'aimerais en être capable. J'en ai même envie. Pourtant depuis trois mois au moins, je ne peux plus écrire un mot. Je suis vide.

— Passez me voir à mon bureau, nous parlerons de cela plus sérieusement. En fin d'après-midi, mardi prochain vers 18 h 30, ce serait possible ?

— Je regarde mon agenda et vous confirme.

— Esperanza, Bastien est un passionné de tout... Ne vous laissez pas entrainer là où vous ne voulez pas aller, interrompt son épouse, Paula, un sourire dans les yeux. Un regard qui laisse transparaitre intelligence et vivacité. Il la regarde, amusé, et prend un faux air contrit, tout en continuant la phrase qu'il avait entamée.

Nous échangeons nos numéros de téléphone et l'adresse de son bureau. Je suis très étonnée. Mon refus n'a pas freiné la relation. Il y a quelques années, j'aurai accepté à contrecœur de recevoir les habitants de l'immeuble sur la terrasse soit une quarantaine de personnes sans compter les enfants. J'aurai râlé intérieurement et me serai mis une forte pression pour recevoir à la perfection. J'aurai même attendu de la reconnaissance. Maintenant, tout est simple, je dis non quand je pense non, sans me soucier du regard des autres. Je rentre chez moi toute à ces pensées qu'avoir soixante ans a du bon dans les relations. C'est peut-être un peu tard pour arriver à une maturité relationnelle, mais j'en suis là.

Dix jours plus tard, je grimpe, derrière une jeune femme, un escalier sombre et étroit qui me conduit au bureau de Bastien. Sa porte est ouverte. Face à nous, il semble concentré sur un document. La jeune femme frappe quelques coups, il lève la tête, m'aperçoit et range les feuillets dans une chemise. Un grand sourire, un accueil chaleureux, il ferme la porte derrière lui. À même le sol, des piles de livres, des dossiers en tas... Le plateau du bureau est dégagé : lampe, écran et clavier d'ordinateur, pot de crayons et post-it. Sur les étagères en bois clair couvrant les murs, les livres sont rangés par collections. Au-dessus d'un meuble fermé par deux portes, le pan de mur est réservé aux photos qui se superposent : personnes trinquant avec des coupes de champagne, se saluant ou se congratulant, signant leur ouvrage. Bastien apparaît sur de nombreux clichés.

La pièce n'est pas très spacieuse, un peu vieillotte. Deux chaises en cuir et bois font face au fauteuil de mon hôte masqué en partie par le bureau. Un téléphone aux nombreuses touches et boutons lumineux trône sur une petite table à droite. Un tapis, dans les tons beigeasses-maronnasses, s'étend sur le parquet brut, assourdit les sons et renforce cette impression de « poussiéreux ». Une fenêtre à petits carreaux donne sur une cour intérieure étroite et sombre. Bastien me regarde en souriant :

« La chasse aux mètres carrés… les livres plus importants que tout… le temps passe et je n'ai toujours pas refait mon bureau. C'est prévu depuis déjà deux ans ! Mais ce n'est pas pour vous parler de cela que je vous ai fait venir. ».

Décidément la décoration de son environnement personnel ou professionnel n'est pas sa priorité !

Dans son travail, il n'est pas différent. C'est bien la même personne que j'ai rencontrée lors de ma visite chez eux, la semaine précédente. Une autorité naturelle se dégage de lui. Son humanité transparaît à travers un visage ouvert, souriant et un regard attentif. De taille moyenne, pour un homme, il paraît assez musclé – Paula doit veiller au grain. Je comprends qu'il occupe une fonction importante dans cette maison d'édition, à la façon dont lui a parlé la jeune femme qui m'a accueillie. Cela ne l'empêche pas de porter des vêtements décontractés : chemise ouverte, un jean. J'ai aperçu une veste, accrochée derrière la porte.

Il m'explique que son département lance une nouvelle collection.

« Contrairement aux idées reçues, les gens ne lisent pas moins, mais différemment que dans la décennie précédente. Dans ces temps de crise, les lecteurs recherchent de l'énergie et de l'authenticité. Si vous ajoutez à cela, quelques clés simples pour transformer un drame personnel en chemin initiatique, sur un format de cent-trente pages maximum, nous pensons rejoindre une cible, celles des nouveaux célibataires. Je dis nouveaux, car les couples ayant une durée de vie plus courte, le "marché" des personnes seules, de tous âges, est constamment renouvelé. Nous voulons des histoires qui donnent la pêche ! Depuis que Martin est venu vous présenter avant son départ, je pense à vous comme auteur alors que je ne sais même pas ce que vous faites. Je me suis toujours fié à mon intuition. »

Je prends mon temps pour répondre. Je n'ai pas envie de lui dire ce que je fais, car il ne me parlera plus de son projet. La radio, ça intéresse tout le monde, mais, dans l'instant, ce n'est pas le sujet.

— Vous allez me trouver terriblement romantique ou fleur bleue, Bastien, mais vous parlez d'un livre comme d'un produit.

— Oui, un livre est d'abord un produit. C'est une aventure économique, ne soyons pas naïfs.

— Mais l'auteur donne son être, sa création…

— Un auteur doit avoir quelque chose à dire et être capable de l'exprimer simplement. Sinon écrire n'a pas de sens ! L'investissement est important que ce soit en argent et en temps, pour l'éditeur comme pour l'auteur. Un livre cible son lecteur, trouve son public, sinon il ne se vendra pas. Communiquer un message à travers un écrit nécessite des lecteurs. Pour cela, des règles de marketing sont à respecter, mais si vous n'avez rien à dire, aucun subterfuge ne pourra le faire pour vous.

— Si cette collection vise les nouveaux célibataires, j'imagine qu'ils aspirent à revivre en couple.

— Vous voyez bien, Esperanza, vous comprenez rapidement l'esprit de la collection. « Transition » c'est son nom provisoire. Nos juristes travaillent dessus, il semble déjà utilisé. J'ai toujours eu l'intuition que vous aviez quelque chose à dire, alors allez-y.

Bastien me présente des projets de maquettes de couverture, différents formats et chartes graphiques élaborés par les services marketing et communication. Je comprends que cette maison d'édition a une taille certaine et qu'elle compte dans ce milieu. Il m'explique que des auteurs maison rédigent déjà des contenus. La ligne éditoriale sera finalisée après la lecture de leurs propositions. Ils auront alors un cahier des charges précis. Il me propose de commencer à partir de ces quelques indications. Nous en reparlerons à son retour fin juillet. Je ne promets rien, le remercie, le salue rapidement et repars perturbée, marchant dans le couloir laissant apparaître quelques bureaux ouverts, mais je ne vois rien, pressée d'arriver à l'escalier et de sortir.

C'est étrange, je suis gênée par son regard qui me suit, secouée et même émue sans en comprendre la raison. J'ai refusé qu'il me raccompagne à l'accueil. Vite retrouver mon antre protecteur, laisser résonner ces émotions, entendre ce qu'elles ont à dire sans aucune autre perturbation.

Mes rêves romantiques viennent de prendre un grand coup dans l'aile. Être écrivain c'est un métier comme un autre. Je retrouverai les mêmes contraintes qu'à la radio. Une émission doit rejoindre un public sinon elle n'existe pas. Ce n'est pas une surprise, et surtout pas une raison de se mettre dans un tel état.

La proposition de Bastien tombe à point, est-ce cela qui me trouble ? Je sais, sans oser me l'avouer, que je continue à travailler par peur du vide. Je profite d'un système qui doit s'arrêter. Je peux prendre ma retraite depuis deux ans, déjà. Elle ne sera pas beaucoup plus élevée si je continue à travailler. Incapable, ces dernières années, de réfléchir à ce sujet, il est temps de m'y mettre.

Je ne suis plus à l'antenne depuis un bon moment, place aux jeunes ! C'est normal. Honnêtement, je suis sur une voie de garage, mais j'ai du mal à le reconnaître. Écrire me donnerait le courage d'une sortie honorable ! En rédigeant ces mots, je m'aperçois de l'incohérence de mes propos. En quoi trouver une sortie honorable serait-elle une nécessité pour prendre ma retraite ? Cela n'a pas de sens, je le perçois tout en l'écrivant. Replonger dans ces années pour vous les raconter, lecteur, montre combien je m'accrochais. Un travail à la radio que je prolongeais pour maintenir un semblant d'activité et garder le statut social : « en activité ».

Je sens la proximité du vide sous mes pieds. Ayant une occasion de sauter, grâce à la proposition de Bastien, je m'interroge. Saurai-je construire une histoire intéressante pour un lecteur ? Pour un éditeur ? Pour une collection ? La question n'est pas là. Je ne vais pas sauter dans le vide ; il est déjà là, sous mes pieds, contrairement à ce que je me raconte pour me rassurer. Je dois sauter dans la vie. C'est ça la proposition de Bastien, d'une certaine façon. Sauter dans la vie ! Mais j'ai peur ! Un verre de rouge, puis un autre et… et fuir ma trouille.

Facile à écrire aujourd'hui. Je n'avais pas été capable de mettre les mots, il y a quinze ans. De relier vide et vie. Ils s'imposent dans le bon ordre maintenant, j'ai le recul, les émotions sont passées. Restent les évidences, qui ne font pas de bruit. Cela me fait du bien de retrouver cette Esperanza, une peu à côté de ses pompes. Elle me touche dans la fragilité de sa vie naissante à plus de soixante ans. En la regardant, je me dis qu'elle est enfin prête à écrire pour les autres.

Mon premier livre

Un travail à la radio assez calme. Un rythme quotidien pépère. Je prends le temps de bricoler pour moi le matin, écrire, rêver ou jardiner sur la terrasse, l'avantage de se lever tôt. J'arrive à la station entre 9 h - 9 h 30. Le soir je rentre vers 18 h 30 maximum. Aucun déplacement dans Paris ou en province. Pas de vie trépidante, peu de pression, pas d'interview, pas de direct aucune personne à encadrer ou former. Cela me rend un peu triste, mais je me console en me disant que j'ai beaucoup donné. En réalité, j'ai de moins en moins de plaisir à faire un job vidé de sa substance.

Le patron de la station radio qui m'employait a cru au projet que je lui ai présenté. Programmée en deuxième horaire de nuit, j'ai animé l'émission douze ans en direct. Rien qu'en me rappelant la musique du générique, je ressens le frisson qui me parcourait quand Thierry la lançait, son pouce levé… Waouh ! ! ! Qu'est-ce que j'ai aimé me shooter à cette émotion du direct durant deux heures, juste interrompues par le flash info de minuit. De quarante-cinq ans à cinquante-sept ans, je me suis éclatée. Un regret : je n'ai pas été assez vigilante pour le choix des intermèdes musicaux. Je n'ai pas proposé mon univers musical au service programmation ni mis au service de mon émission. Dommage ! J'aurais pu faire connaître des auteurs que j'aimais, mais cela ne m'était pas venu à l'idée. J'avais déjà tellement de choses à penser. En revanche, j'avais choisi avec soin la musique du générique – le refrain de « Tout le monde il est beau, tout le monde il est gentil…» [4] – pour son dynamisme et son impertinence. C'était comme un éclat de rire dans la nuit !

Formant un duo professionnel de choc avec Thierry, le réalisateur technique, nous portions l'émission ensemble depuis le début. Sa présence attentive et attentionnée me rassurait. À cette époque, j'étais engagée, à fond, dans ma vie professionnelle et peu disponible pour le reste. Tellement grisant le direct : peur et excitation. Ce décalage de la nuit me plaisait beaucoup. Impossible de dormir après l'émission, trop d'énergie. Alors je répondais au courrier des auditeurs après avoir débriefé l'émission autour d'un verre avec Thierry. Pas idéal pour une vie de couple ce rythme, je dois le reconnaître. Nous avions pris la décision de ce travail de nuit d'un commun accord. J'étais enfin aux commandes de mon émission.

Mon «ex» vivait mal mon succès. Il ne l'avait pas imaginé donc pas anticipé. J'étais discrète, mais les rares fois où je rapportais un bouquet de fleurs envoyé par un auditeur, il se fermait. Il jalousait ma relation professionnelle avec Thierry, même s'il n'y avait aucune ambiguïté entre nous, juste une passion commune pour un travail dans lequel nous nous éclations. Interviewer en direct, créer de mini reportages, rencontrer des professionnels pour préparer les sujets, au bout de douze ans cela finit par faire du monde et créer une belle complicité ! Décrivant aujourd'hui ces années, je comprends que la rupture était déjà là.

L'idée originale, centrée sur «votre vie au travail, ces relations qui vous dynamisent ou vous perturbent», avait bien fonctionné. L'émission s'intitulait : «Mes rencontres au travail et alors ?».

[4] *Tout le monde il est beau, tout le monde il est gentil* : comédie satirique réalisée par Jean Yanne qui interprète aussi la chanson du film.

Rien d'extraordinaire, mais le titre exprimait notre intention. Les auditeurs appelaient pour témoigner de leurs rencontres improbables ou poser leurs questions. Les jalousies, les espoirs déçus, la fierté du chemin parcouru ou les comment sortir d'une situation impossible ? … Je répondais en direct aidée au début par un psychologue du travail et, peu à peu, je me suis débrouillée toute seule. Chaque soir un reportage de cinq minutes auprès de salariés ou d'entrepreneurs donnait un angle d'accroche à l'émission. Deux personnes au standard évaluaient le degré d'importance et d'urgence du témoignage ou de la question afin de ne pas abandonner quelqu'un, seul dans la nuit, ayant commencé à déballer ce qui le tracassait sans pouvoir avoir de réponse. Un concept nouveau, original à l'époque, il y a vingt-cinq ans aujourd'hui. N'oublions pas que la majeure partie des adultes passe plus de temps sur son lieu de travail qu'avec ses proches. Un tissu relationnel de liens à explorer, délier ou relier dans un environnement souvent décrié ; l'entreprise n'est pas aimée. Des rencontres inimaginables, des situations difficiles ou des témoignages d'une humanité forte. Le courage, la sagesse ou la bonne volonté des uns et des autres m'impressionnaient. J'engrangeais mille et une histoires humaines qui m'ouvraient des horizons incroyables.

Quand Thierry, qui m'avait accompagnée depuis le début de l'émission sur la réalisation et la technique, décida de prendre sa retraite, j'ai passé la suite à une consœur, plus jeune. Notre duo fonctionnait merveilleusement bien. Privilégiés nous avions eu le temps de prendre nos marques sans souci d'audience, les premiers mois de l'émission. Je crois que de nos jours, ce serait impossible. À son départ, prétextant que je serai la prochaine à partir en retraite, j'ai refusé plusieurs propositions craignant de renforcer la notoriété que mon « ex » vivait déjà comme un ombrage. En écrivant ce passage, je me dis que j'ai fait n'importe quoi.

D'autres guettaient; les postes en vue sont chers. Ce retrait fut le signal attendu par certains pour me pousser sur une voie de garage. Mes responsabilités diminuèrent et l'intérêt de mes d'activités aussi. Placardisée, mais avec respect ! J'avais lancé une émission innovante, qui marchait bien et se poursuivrait sans moi. Le respect était mérité, mais beaucoup n'ont pas compris ce recul de ma part… Ils ne pouvaient imaginer la vraie raison !

La proposition de Bastien jaillit à un moment particulier de ma vie et vient me chercher sur un terrain fragile. Que faire de ma vie de retraitée ? Quel sens lui donner ? Sous ces banales questions se cachent des interrogations plus essentielles. Me retrouvant seule, avec un travail alimentaire, j'ai l'intime conviction de m'être sabotée cinq ans plus tôt et je m'en veux. Oui, je m'en veux de ne pas avoir compris ce qui s'est joué. Moi la « féministe », je me suis coincée toute seule à croire que je devais choisir entre mon travail ou mon couple. J'ai choisi mon couple, cela n'a servi à rien et je le paie cher.

Aujourd'hui, à qui je sers ? Quel sens à ma vie ? Mes enfants n'ont plus besoin de moi depuis bien longtemps déjà, leur cellule familiale comme leur vie professionnelle se construisent. Mes questions existentielles ne les concernent pas voire pourraient les inquiéter. Face à ces années futures qu'allais-je faire ? Vivre bien sûr comme tout le monde, mais quoi ? Ferai-je semblant pour combler mon vide ? En perdant mon statut social, j'ai peur de n'être plus rien. Et si écrire m'aidait à m'inscrire dans ma vie future ?

Arrêter de se poser des questions et commencer la réflexion pour construire le livre. Des personnages, vivant des transitions amoureuses ou pas, j'en ai plein la tête. Plus de dix ans d'émission radio en direct donnent de la matière humaine, des rencontres avec de sacrées personnalités ! Certains donnant des nouvelles régulièrement, des liens plus personnels se sont construits. Alors apparaît Isabelle, âgée de trente-cinq ans, cofondatrice d'une école de danse avec le père de ses deux petites filles qu'elle continue de diriger après un divorce difficile. Puis, Alexandre qui, après quinze ans de vie commune, quitte la femme qui plaisait tant à sa mère et qu'il n'avait jamais sincèrement désirée. Il avait créé une boîte d'export, voyageait pour son travail disait-il, mais surtout pour respirer. Il tomba peu à peu amoureux d'une femme qu'il venait de recruter au grand étonnement de son épouse et de sa mère. Et Madeleine, qui ose prendre son autonomie dans son couple depuis que son chef la pousse à occuper des responsabilités.

Les situations jaillissent. Je dois, maintenant, les transformer en une aventure de vie « qui donne la pêche » pour reprendre l'expression de Bastien. Écrire un récit agréable à lire qui intéresse un lecteur jusqu'au bout. À l'évocation du mot « lecteur » : panique à bord ! Alors que les idées foisonnaient il y a quelques instants, je me sens incapable d'écrire une ligne. Après avoir griffonné sur un papier, rapidement pour ne pas les oublier, toutes les situations qui me sont venues à l'esprit, je sors marcher.

Pour s'embarquer dans l'histoire, le lecteur ne devra pas ressentir le labeur de l'écriture. Les mots « incompétente, illégitime, imposteur, incapable d'écrire… » s'imposent. Mon pas s'accélère. Je suis prête à retourner voir Bastien pour lui dire que je ne le ferai pas. L'émergence de cette idée m'arrête immédiatement, je fais fausse route. Il ne comprendra rien de cette démarche. Notre rendez-vous a eu lieu la veille et le lendemain j'arrêterai tout parce que j'ai peur. Nous avons convenu de nous revoir à son retour de vacances, fin juillet. La graine est plantée. Je ne vois pas comment m'y prendre. Pas la moindre idée, un vide abyssal, pas un début de phrase, pas de plan ni de fil conducteur, un blanc, du blanc, un mur.

Pour trouver l'inspiration, j'aménage un coin spécial écriture dans la deuxième chambre réservée à l'accueil des petits-enfants. Des carreaux de liège, collés sur une fine planche de contre-plaqué accrochée au-dessus de l'ordinateur, accueilleront les découpages dans les journaux de lieux, paysages, objets, formes, gammes de couleurs, matières, style en lien avec mon premier personnage central, Isabelle. Je remonte les chaussons de danse d'une de mes filles de la cave. Ces souvenirs, et bien d'autres encore, sont conservés dans ce que j'appelle la malle à déguisements, réservée à mes petits-enfants. Les découpages de magnifiques photos de danseurs, des spectacles de danse de ma fille sont disposés sur le tableau de liège grâce à des piques. Sur une étagère, bien en évidence, trônent les chaussons et un justaucorps de couleur rose pâle. Un lecteur de CD pour écouter de la musique et me voici prête à écrire tous les jours dans ce lieu, matin et soir pendant plusieurs semaines.

Au retour des vacances de Bastien, je dépose, en personne, mon travail à son bureau. La personne de l'accueil m'annonce alors que je n'ai pas pris rendez-vous. Très perturbée par cette nouvelle étape, j'en ai oublié les règles élémentaires de politesse. Laisser l'enveloppe contenant le manuscrit à l'accueil aurait été préférable, mais je ne sais pas ce qui m'a pris, j'ai voulu le lui remettre en main propre. Ne pas tout mélanger, en le voyant à son domicile, même si c'est mon voisin. Il prend le manuscrit relié dans une boutique de photocopies, le feuillette rapidement et me demande d'envoyer mon texte en PDF par mail, c'est plus simple pour lui. Il me recontactera dès qu'il l'aura lu. Je comprends que je n'aurai pas dû le lui remettre directement. C'était plus fort que moi, je voulais voir sa réaction. Or je n'ai rien vu, excepté un homme poli, mais indisponible. Très inquiète j'attends le verdict ayant autant envie d'arrêter que de continuer.

Quelques jours plus tard, son assistante appelle pour fixer un rendez-vous sans me donner plus de détails. Inquiète à l'arrivée son accueil chaleureux me rassure. Ses questions sur la façon dont je m'y suis prise, ce qui m'a amenée à construire l'histoire de cette façon m'aident à me détendre. C'est alors qu'il me dit :

— Vous n'avez encore rien écrit Esperanza. Vous êtes gênée, entravée, bloquée. Vous n'osez pas, vous n'entrez pas dans la matière, vous tournez autour et c'est lisse, sans vie. On n'y croit pas, trop de clichés.

Vlan ! Une porte dans la figure. Il n'y va pas par quatre chemins. À toute vitesse défilent : « je me tire, je n'ai rien demandé, j'ai honte, de quoi j'ai l'air, qu'est-ce qu'il me veut puisque c'est nul, j'en étais sûre, je ne suis pas faite pour cela, il exagère, faut pas abuser… » En même temps, un grand calme monte en moi, une solidité, une force. Et je m'entends dire :

— Je comprends, je suis d'accord avec vous. Je n'ai pas pris de plaisir à écrire. Ce fut laborieux.

— C'est exactement cela !

— Je ne vois pas comment faire autrement.

— Je ne peux pas me mettre à votre place. Juste vous dire que pour certains auteurs cela fait partie de leur processus d'écriture. J'ajouterai même que, pour eux, cette étape les fait accéder à leur singularité d'écrivain.

— Je vous remercie de votre franchise. Allons à la recherche de ma voix d'écrivain ! Plus sérieusement, soit j'ai du plaisir et vous me reverrez rapidement et je pourrai peut-être poursuivre dans cette voie, soit c'est laborieux et nous nous arrêtons là.

— Parfait, on se voit très prochainement.

Retour à pied. Un besoin de solitude physique que ne permet pas le métro. Trop de proximité. De l'énergie à dépenser, des émotions à écouter et faire circuler. Je retrouve, en l'écrivant, le souvenir très précis de cette journée : la chaleur, la poussière, la sécheresse de l'air, le peu de gens dans les rues, la légèreté de ma robe en voile de coton, mon envie impétueuse de retirer mes sandales. Entrée dans un square, je marche pieds nus dans les allées de terre. Un banc vide m'accueille. Je me chauffe au soleil. Je n'ai aucune idée du temps qui s'écoule. Je goûte ma solitude dans le Paris de cette fin juillet. Je suis bien.

Une image jaillit. Je la repousse. Non pas cela. Elle s'impose. Une boule de glaise piquée d'objets métalliques contondants, un sexe d'homme au repos pointé sur elle comme une flèche de plus. Le sexe est lui aussi en glaise, tellement vrai qu'on pourrait croire qu'il a été moulé. Je n'ai jamais oublié cette photo en noir et blanc, sortie furtivement d'un portefeuille de cuir rose bonbon. Un choc.

Et puis ces mots prononcés par une voix tranquille : « c'est moi ». Un silence épais, dense, ample… Des yeux qui se voilent légèrement, un regard lointain. Des secondes qui durent des heures, elle secoue la tête comme si elle s'ébrouait, tente une ébauche de sourire, puis sourit plus franchement, remet la photo dans le portefeuille « girly » et dit, tout en faisant un geste de la main qui coupe net toute question : « c'est comme ça, faut faire avec ! Je me suis fait appeler Soleil… ». Je reste muette, me demandant si j'ai rêvé, tout s'est passé tellement rapidement.

Intermède

Embarquée dans l'aventure proposée par mon voisin Bastien, je reste sur Paris au mois d'août pour tenter d'écrire un livre. Devant retrouver mes enfants dans une maison que nous louons en Bretagne chaque été, j'annule ma venue. Ils ne cachent pas leur déception ce qui me fait plaisir. Nos échanges francs simplifient les relations familiales. Tant que je n'ai pas pris ma retraite, je ne dispose pas de mon temps. Ce projet me tient à cœur, il me faut mettre toutes les chances de mon côté. Ils le comprennent très bien tout en ne comprenant pas. Leurs priorités sont leurs enfants, mes petits-enfants. Les vacances sont un temps sacré pour créer des souvenirs et construire une relation avec leur grand-mère. Cette année leur grand-mère écrit un livre pour construire son futur, même si pour eux, elle n'en a pas puisqu'elle est vieille ! Cela en fera des choses à raconter lorsque nous nous verrons.

Je regretterai, moi aussi, les petits-déjeuners dans la cuisine propice aux tête-à-tête, la lecture des histoires tous assis sur le lit, la découverte d'un nouveau jeu de société, les confidences avec promesse de garder le secret, l'excitation de la quête des étoiles après le dîner, suivie du calme de la nuit qui nous imprègne peu à peu. J'aime ce moment où le silence gagne sur les voix. Elles s'assourdissent, se raréfient dans la douceur de l'air, laissant vibrer une sensualité émergeant des couples enlacés… J'ai des regrets, même si c'est ma décision.

La douceur de boule d'épingles

Soleil fut la première auditrice de l'émission à témoigner. Elle avait rencontré son futur mari dans son premier job. Ensemble, ils avaient repris, trois ans après, une entreprise de fenêtres et volets. Son témoignage authentique, appuyé par ses talents de conteuse, eut un fort impact auprès des auditeurs. Ce fut une chance, elle donna à l'émission un ton joyeux, énergique. Elle sut nous mettre en haleine, distillant des éléments intimes sans exhibitionnisme, pour appuyer son propos et donner vie aux étapes de leur aventure. Elle ébranla aussi le fameux cliché recommandant de ne pas travailler en couple. Nous avons sollicité la suite de son témoignage plusieurs fois, les auditeurs réclamant de ses nouvelles. Peu à peu, une réelle amitié professionnelle s'est construite entre nous. Si bien que, quand elle venait à Paris pour affaires, elle m'appelait et nous prenions un verre dans un café proche de la radio. Pour les dix ans de l'émission, Soleil fut la seule auditrice admise dans le studio durant tout le direct. Elle prit la parole avec pertinence, plusieurs fois. Le jour de « ma dernière », elle me retrouva en fin d'après-midi pour célébrer notre rencontre et notre amitié. J'acceptai avec plaisir, touchée par sa délicate attention.

Tout en buvant une coupe de champagne, elle m'annonça :

— J'ai une grande nouvelle à vous annoncer !

Puis, elle marqua un temps d'arrêt, profitant de son petit effet :

— Alors, dites-moi, c'est quoi ?

— Radio Pinsons, une radio locale m'a sollicitée. J'y tiendrai une chronique hebdo. Je suis ravie et je tiens à vous remercier.

— Mais Soleil, je n'y suis pour rien !

— Mais si Esperanza, grâce à vous j'ai découvert un studio radio et démystifié le passage à l'antenne qui me faisait si peur.

L'émission lui avait permis de réaliser son rêve de petite fille – « être celle qui parlait à la radio la nuit pour que les enfants n'aient pas peur ». Même si l'émission n'était pas destinée aux enfants, ils pouvaient l'écouter. Entendre des adultes parler de leurs relations au travail pouvait, d'après elle, peut-être faire du bien à des enfants isolés. Les aider ainsi à trouver de la force pour se projeter et construire leur vie plutôt que d'avoir envie d'en finir. C'est à eux qu'elle parlait quand elle avait témoigné la nuit sur notre antenne. Même s'il y en avait qu'un seul, elle voulait lui donner envie de vivre, quitter le désespoir et prendre sa vie en main.

— Soleil je ne comprends pas très bien. À cette heure-là les enfants sont couchés ?

— Oui, mais tous ne dorment pas

— C'est très juste… Mais il y a quelque chose qui m'échappe dans ce que vous dites, je ne comprends toujours pas.

Alors elle sortit rapidement une photo et, presque en chuchotant, me dit « c'est moi ». Elle ajouta : « Faut faire avec. Je me suis fait appeler Soleil… Sortir de la nuit ! ».

Je suis restée sans voix. Une fois qu'elle l'eut rangée dans son portefeuille rose bonbon, je l'ai regardée en silence. Le cerveau imprégné par cette vision rapide d'un sexe d'homme pointé sur une boule transpercée d'objets contondants. La boule c'était elle ! ? N'avais-je pas rêvé ou inventé, tout c'était passé si vite. Pas de mot à poser sur cette horreur, ce pourrait être pris comme une curiosité voyeuse, malsaine et irrespectueuse. Par réflexe, comme dans une interview quand je suis trop touchée, j'élargis au monde, pour prendre du recul et je me retrouve devant toutes ces vies d'enfants abîmées : insupportable. Je sens la gêne monter durant cette intimité silencieuse. Alors, elle coupe court : « On y va Esperanza, vous avez une émission à conduire et ce n'est pas n'importe laquelle ! ». Plus de cinq ans sont passés depuis cette dernière coupe de bulles. Je n'ai jamais plus reçu de ses nouvelles.

Cette femme me touchait bien avant de voir la photographie. Je connaissais quelques éléments de sa vie, mais sans plus. Même si, au regard de l'épisode photo, son histoire semblait glauque, sa force de vie incroyable la tendait vers l'avenir. Ce dynamisme m'avait attirée à elle. Elle fut ma première héroïne.

Nourrir mon imaginaire par mes sensations, telle est mon intention. J'achète de la terre pour sculpture. Je recherche tous les objets métalliques possibles en ma possession, à condition qu'ils soient contondants ou pointus : agrafes, trombones, vieilles limes en fer, piques à bigorneaux, mini fourchettes à deux dents pour les escargots, brochettes, ciseaux, limes à ongles en métal, coupe-papier, épingles à nourrice de toutes tailles, épingles à couture avec leur petite tête, aiguilles, petit couteau de cuisine pointu… Durant cette recherche, je m'interroge. Est-ce possible qu'un être humain se ressente, se représente ainsi ? Est-ce elle qui a réalisé cet objet ?

Si oui, dans quel contexte et quel état émotionnel cela lui est-il venu ? Comment l'idée a-t-elle jailli ? S'est-elle sentie soulagée ou horrifiée après ? À moins qu'elle ait trouvé cette photo ou qu'elle lui ait été donnée ? Ce qui est certain, cette sculpture a été créée par quelqu'un et que ce soit Soleil ou un ou une autre me bouleverse. J'essaie de me rappeler l'ensemble des objets plantés. Impossible, la photo a été rangée si rapidement. Peut-être que j'invente, j'en rajoute à la mesure de mon souvenir émotionnel. Le choc fut si violent. Remettons les choses à leur place, je me prépare à écrire un roman et non une enquête de police.

L'ensemble est posé sur un plastique recouvrant la table de la cuisine. Je prends un gros morceau de terre que je passe d'une main à l'autre. Ce n'est pas de la pâte à modeler qui s'étire facilement. Prenant des petits bouts avec la pointe de mes doigts, je les roule sur la table, les paumes de main bien à plat. Ces morceaux s'agglomèrent jusqu'à former une grosse boule que je roule entre mes mains, puis sur la table. Dans un état particulier – autant dans la boule qu'à l'extérieur – j'attrape les ciseaux, les plante dans l'argile puis ajoute les limes, aiguilles, épingles jusqu'à ce qu'il n'y ait plus un seul objet métallique sur table. Mes gestes sont automatiques, comme dans une espèce de transe. Revenant à un état conscient, je vois que j'ai pris le soin de dérouler les trombones un à un. Je trouve l'objet proche de mon souvenir et dans le même temps un sentiment d'horreur monte en moi ! Comment une personne peut-elle s'identifier à ça ? Se montrer ainsi. Boule hérisson ? Piquée ? Piquante ? Transpercée, traversée, trouée !

Maintenant, passer à la réalisation du sexe d'homme… J'ai du mal à commencer. Cela fait bientôt quatre ans que je n'en ai pas vu ! Pas d'homme depuis son départ ! Pas de corps nu dans mon lit, pas d'odeur de sexe, pas de sexe dans la main, pas de sexe à caresser, à sentir se gonfler, me pénétrer, me posséder. Sans y penser tous les jours, cette abstinence forcée me pèse. Je rêve de sexe et me réveille en nage, seule !

Dans mon souvenir, le sexe de la photo est extrêmement bien sculpté avec tous les détails : le gland en particulier. Mon souvenir ou mes fantasmes ? Mon histoire personnelle se mêle au livre, j'ai peur ! Si mes frustrations me font délirer, l'écriture sera secouée. Est-ce cela qu'attend Bastien pour sa collection ? Je cherche la photo d'un pénis dans mes ouvrages d'art et en trouve un convenable. En tapant sur mon ordinateur « c–o-n-v-e-n-a-b-l-e », je trouve que ce mot n'est pas adapté et pourtant, aujourd'hui, replongée dans l'émotion de cet instant, je ne peux pas en écrire un autre. Je forme un boudin avec la terre rouge, le lisse et le plisse légèrement. À l'aide d'une mirette et d'un bâton de bois, je tente de sculpter le gland. Je ne sais plus si ce sexe d'homme que j'ai modelé ressemble à la photo furtivement montrée par Soleil, mais il paraît presque authentique. Il y a des années, entrainée par une amie, j'avais suivi quelques cours de sculpture. Je le regarde, tourne autour de la table, le prends dans mes mains, le pose, le reprends. Je me sens ridicule avec cette verge à la main que j'agite sous mon nez. Alors, j'arrête là mes tentatives de sculptures. L'histoire que j'écris, n'est pas celle d'un auteur en train de sculpter un phallus dans de la glaise, sans modèle vivant devant lui, en plus ! Je laisse tout en plan et me fais un café long auquel j'ajoute un peu de lait. Mug à la main, je pars m'installer devant mon ordinateur déplacé sur une table au salon, pour cette deuxième tentative d'écriture.

Les mains au-dessus du clavier, ne sachant par où commencer, l'arrivée d'un mail me sort de mes réflexions. Martin me prévient de sa venue dans cinq jours, il a dû s'organiser au dernier moment et s'excuse de s'annoncer si tardivement. Il espère me trouver dans l'appartement, mais pense que je dois être en vacances. Est-ce l'épisode de la sculpture qui provoque l'envoi d'un homme à domicile ? À cette pensée je souris. Un fou rire nerveux m'envahit. Besoin de lâcher la tension accumulée ou peur de la première cohabitation ? Un peu, beaucoup des deux. Je ris. Un rire qui détend, libère et apaise.

Comme une adolescente prise en faute, rapidement je ferme et range le livre d'art, puis jette le sexe masculin et la boule d'épingles à la poubelle, les restes de terre et le plastique. Pourtant Martin n'arrivera que la semaine prochaine. Un besoin vital de sortir ces objets de chez moi et je descends la poubelle dans le local au sous-sol.

Ce mail fut une chance pour ma vie de romancière, car il m'obligea à sortir de l'idée que je m'en faisais : plonger dans les sensations des personnages pour les exprimer. Bien sûr, ressentir est une nécessité pour un auteur, c'est ainsi qu'il donne vie à ses écrits. Mais pas de façon artificielle, tout du moins pas de cette façon-là pour moi. À partir de ce jour, je n'ai plus créé d'univers extérieur pour alimenter mon imaginaire. J'ai osé rêver, flâner, attendre, penser à autre chose tout en étant certaine que mes histoires sortiraient peu à peu quand elles seraient prêtes. Alors j'ai pu écrire n'importe où, à côté de n'importe qui, dans le bruit ou le silence, la nuit ou le jour. Quand ça sortait, ça sortait, poussé de l'intérieur.

Avec le recul, je comprends que l'écriture apprend à oser être soi-même, à assumer toutes ses facettes, ses contradictions et ses envies. À plus de soixante ans, il est temps ! Je ne peux pas faire autrement ni m'y soustraire. L'écriture monte impétueuse en moi, révèle mon intimité, me découvre. Je dois faire avec, sans contrôler quoi que ce soit. Je n'ai pas le choix. C'est une question de vie ou de mort. Il ne s'agit plus d'être ou ne pas être un bon écrivain. Je suis ainsi, je produis cela. Certains aimeront, d'autres pas et ce n'est pas grave. J'ai la conviction, la certitude que j'écrirai ce livre jusqu'au bout. Il est déjà presque là.

Je pense souvent à Rosalie et à ce qu'elle me dit de son état intérieur quand elle peint. Je la comprends mieux. J'aimerais lui en parler mais elle est partie avec un chéri, loin… très loin… pour plusieurs semaines. Je lui raconterai à son retour.

Je change de lieu plusieurs fois dans la journée passant de mon ordinateur au salon, et du salon à la terrasse avec les feuillets imprimés. Je raye, corrige, ajoute des idées. Parfois l'une glisse trop fugace sans que j'arrive à la rattraper ! Je lâche, laisse faire le temps. Mon état intérieur se modifie, des trappes s'ouvrent, des clapets se soulèvent, des verrous se défont. Je deviens spectatrice de ce qui s'ébauche et prend forme.

Peu à peu Soleil devient Cerise, un beau fruit d'été bien rouge, charnu et juteux avec en son centre un petit noyau dur que personne ne voit. Jolie jeune femme, pleine de vie, elle termine sa maîtrise de géologie. Elle a aimé étudier les sols, les minéraux, les sédiments, la paléontologie, la dynamique des fluides géologiques et maintenant elle s'ennuie. L'université ce n'est plus pour elle. Elle a envie d'entrer dans la vie active et ne souhaite absolument pas devenir professeur ni faire de la recherche. S'occuper d'enfants, d'adolescents ou d'étudiants, surtout pas. Elle les fuit. Elle n'aura pas d'enfant, c'est comme ça. Même s'ils recherchent sa compagnie quand ils la croisent en se faisant remarquer pour l'attirer à eux. Peine perdue. Cerise s'inscrit dans une société de travail temporaire pour trouver un job, être autonome financièrement et quitter sa mère enfin. À sa majorité elle aurait pu partir, mais acquérir sa liberté de cette façon lui parut impossible.

Sa mère, avec qui elle vit seule depuis quelques années, lui a donné, le jour de ses dix-huit ans, un dossier comportant des relevés de compte. Des sommes déposées par son père pour « aider Cerise, sa fille, à démarrer dans sa vie d'adulte », c'est ce qui est écrit sur une feuille de papier à l'en-tête d'une étude de notaire. Il est parti, elle avait treize ans, elle ne l'a plus jamais revu. Elle ne l'a pas recherché. À son départ, le sourire de Cerise, disparu ces dernières années, revint illuminer son beau visage de jeune adolescente, hélas pas pour longtemps. Sa mère l'accusa : « c'est de ta faute, c'est toi qui l'as fait fuir. »

Depuis le départ de son géniteur, Cerise a l'habitude des reproches incessants de sa mère. Elle n'y fait plus attention. Vivant toutes les deux dans un appartement situé dans le centre de cette petite ville de province, elles se supportent sans tendresse ni complicité. Le cadeau de son père est un choc pour Cerise qui ne s'y attend pas. Elle ne veut pas de cet argent. Il lui est insupportable. Elle ne l'utilise pas et le laisse sur le compte. Sa mère ne lui en parle plus. Elle ne change pas sa vie, poursuit études et cohabitation avec cette mère qui lui est indifférente. À la fin de la quatrième année de faculté, elle s'inscrit à l'agence intérim située en bas de chez elles. Une décision qu'elle a murie longtemps : vingt-et-un ans, un niveau d'études supérieures, le contrat est rempli. Jamais sa mère ou quiconque ne lui a mis un tel pacte en main, surtout que la majorité est à dix-huit ans. Une ligne de conduite fixée depuis longtemps, sans en parler à personne et maintenant elle suit sa trajectoire.

L'employée de l'agence est surprise par sa candidature à des postes d'assistante avec une telle formation. Cerise explique qu'elle n'a pas de connaissance de l'entreprise. Elle veut apprendre et comprendre. Lors de jobs d'été, depuis trois années, elle remplace, à tour de rôle, dans la boutique de sa tante, les vendeuses absentes de fin juin jusqu'à la reprise des cours. Elle y est très appréciée par les clientes qui trouvent cette «petite brunette charmante et jolie comme tout». Un premier poste lui est proposé, elle le quitte au bout de quarante-huit heures. À l'agence, elle dit juste : «ce n'était pas assistante mais boniche ce travail. Je ne suis pas orgueilleuse, mais je n'ai pas envie de travailler comme ça».

Cerise découvrit plus tard qu'elle avait sous-estimé tout ce qu'elle avait appris de la vie professionnelle, durant ce premier poste de vendeuse d'été.

La vie est bien faite, parfois. Une semaine après, elle accepte un remplacement dans une PME familiale, d'une centaine de personnes, spécialisée dans la construction de cloisons amovibles. Postée derrière le comptoir de l'accueil, elle fait la connaissance de tous les salariés. Autant Cerise est renfermée en présence de sa mère, sur son quant à soi pour certains, absente et triste pour les autres, autant dans le hall d'entrée de Lambert&Cie, elle est entreprenante et dynamique. Elle a la capacité de passer rapidement d'un état à l'autre : de fruit desséché, en présence de sa mère, à beau fruit mûr, dès qu'elle est hors de sa vue. Rapidement repérée par le directeur commercial, qui la trouve dégourdie et réactive, elle est embauchée en CDI comme assistante de ce directeur dès le retour de la personne qu'elle remplace. Hervé, homme dynamique, très accessible, âgé d'une petite trentaine, travaille dans l'entreprise depuis dix ans. Vendeur à ses débuts, il a grimpé les échelons et occupe, depuis peu, la fonction de directeur commercial. Il a fait son entrée au Codir. Un garçon qui s'est fait tout seul et travaille depuis l'âge dix-huit ans. Cerise le touche par la fragilité qu'il ressent en elle, alors qu'elle semble si forte. Il la forme à ses méthodes d'organisation. En un an, elle devient plus qu'une simple assistante et occupe la fonction d'assistante de direction voire d'adjointe par moment. Les petites boîtes ont cela de sympathique, quand tout le monde y trouve son compte et des résultats, une certaine souplesse est possible. Ils sont bien ensemble, se comprennent rapidement et ne peuvent déjà plus se passer l'un de l'autre avant de s'apercevoir qu'ils sont tombés amoureux.

Tout à la rédaction de l'histoire de Soleil devenue Cerise, je ne vois pas les journées passer. Les situations des personnages, les rencontres, l'environnement… tout jaillit peu à peu. Je découvre l'histoire de Cerise en même temps qu'elle surgit de moi, de mes profondeurs. Je tape sur le clavier de l'ordinateur ce qui sort sans le censurer. Dans un deuxième temps je relis. Alors le travail de taille, coupe, reformulation commence. Parfois j'enrichis une idée ce qui m'amène à rebondir. D'autres fois, je change le temps des verbes, le rythme du texte en raccourcissant les phrases. Mes travers du premier jet me sont nécessaires. J'écris, réécris et re-réécris avec plaisir.

Martin arrive dans deux jours. Je me sens prête à l'accueillir, aujourd'hui. Je suis même curieuse de ce que va produire cette cohabitation de trois semaines. Prise par l'écriture, je ne veux pas m'arrêter alors que j'avance. En plus, j'adore ce que je fais et cela fait un moment que je n'ai pas eu autant de plaisir dans le déroulement de mes journées. Je m'éclate ! La solitude ne me pèse pas, bien au contraire, cela fait bien longtemps que je ne me suis pas sentie aussi vivante.

Dans le même temps, je me pose un tas de questions à propos de l'arrivée de Martin. Il revient chez lui. Est-ce que je dois faire son lit ? Si je le fais, qu'est-ce que je crée comme relation pour la suite ? Je ne suis pas sa femme de ménage. Pour les courses alimentaires, je fais comment ? Je ne sais pas ce qu'il prend pour son petit-déjeuner. Et nos repas devrons-nous les prendre ensemble ? Tout à mes réflexions, je n'ai pas vu un mail arriver.

> *De :* MartinP@gmail.com
> *Objet : votre avis sur notre organisation ?*
> *Bonjour Esperanza,*
> *Déjeunant avec un ami à mon arrivée à l'aéroport, je vous retrouverai à l'appartement en début d'après-midi ce qui me permettra de m'installer sans vous déranger.*
> *Je propose de vous inviter à dîner ce premier soir pour que nous calions notre organisation durant mon séjour.*
> *J'espère ne pas trop perturber votre organisation.*
> *Qu'en pensez-vous ? Êtes-vous disponible ?*
> *Dans l'attente de votre réponse, je vous dis à dans deux jours.*
> *Bien à vous,*
> *Martin*

J'hésite, l'invitation à dîner est sympathique ; c'est élégant de sa part. En même temps, je ne m'imagine pas rentrer chez moi avec lui chez lui, pour faire simple et court : chez nous, comme un couple, alors que nous n'en sommes pas un. Je tranche et lui écris :

> *Bonjour Martin,*
> *Très touchée par l'intention délicate de votre mail et votre invitation à dîner dont je vous remercie très sincèrement. L'été à Paris est délicieux, vous allez apprécier le calme du mois d'août sur votre terrasse. Les voitures sont aussi en vacances. Il me semble que nous devons plonger dans notre cohabitation puisque c'est notre réalité. Plus vite nous prendrons nos marques, plus vite nous serons à l'aise.*
> *C'est pourquoi je décline votre invitation et vous propose de dîner ensemble sur la terrasse afin que vous en profitiez.*
> *Je serai à la maison à votre arrivée, je ne bouge pas beaucoup pour le moment, je vous expliquerai pourquoi de vive voix.*
> *Je me réjouis de faire plus ample connaissance avec vous durant ces prochaines semaines… et vous ne me dérangerez pas puisque c'est ce que nous avions convenu.*

L'organisation étant réglée – je ne préparerai rien pour son arrivée – je me remets à l'écriture.

Cerise et Hervé se découvrent amoureux. Cerise n'a rien vu venir, prise d'intérêt pour son travail, la découverte d'un nouvel environnement, elle se sent bien dans cette entreprise et encore mieux en présence d'Hervé. Pour le moment elle n'a pas réfléchi davantage aux raisons de ce bien-être. Ils se voient tous les jours, passent des heures à travailler ensemble. Pas un geste déplacé d'Hervé qui a perçu dans l'attitude de Cerise une raideur, une distance qui ne lui correspond pas vraiment. Il attend tranquillement, il ne veut pas la blesser.

Depuis que son CDI a été validé, Cerise loue un petit appartement. Elle y est bien. Enfin seule ! Sa mère, un déjeuner une fois par mois, elle ne sait pas pourquoi. Elle se dit qu'il faut le faire. Une fille doit voir sa mère même si la relation est mauvaise. Elle apprécie la compagnie d'Hervé, aime travailler avec lui et c'est bien comme ça. Ils ont pour projet de reprendre une entreprise ensemble. Hervé connaît le patron d'une petite société composée de vingt personnes, spécialisée dans les fenêtres et les volets. Celui-ci souhaite partir en retraite et passer sa suite à Hervé. Ce projet emballe nos amoureux platoniques. Ils étudient les comptes, rencontrent les fournisseurs, le personnel, des clients, des banques pour le prêt. Cerise suit un stage à la chambre de commerce sur la gestion administrative et financière. Hervé et Cerise se rapprochent davantage.

Un jour, sortant d'un rendez-vous qui leur accorde les autorisations manquantes, Hervé prend Cerise dans ses bras et la fait tourner en la soulevant du sol. Elle rit aux éclats. Il exprime sa flamme à Cerise et, pris par son élan, la serre encore plus contre lui. Elle se raidit et pourtant lui sourit. Comme ils sont déjà proches, c'est tout simplement qu'elle lui dit : « je t'aime profondément. Je ferai tout pour nous rendre heureux. Il me faut aller doucement ». Hervé la croit. Il sent instinctivement que Cerise est sincère. Il lui fait confiance tout en continuant à l'entourer d'attention.

C'est à ce point de mon récit que Martin arrive. Il sonne à l'interphone ce que je trouve délicat de sa part. Dans l'entrée, nous sommes mal à l'aise, lui sac sur le dos, bagages à la main et moi passant d'un pied à l'autre sans savoir si je dois me conduire en maîtresse de maison. Je brise la glace d'un : « on va y arriver et il nous faudra découvrir nos marques. Je vous laisse retrouver vos affaires et vous me rejoignez autour d'un petit café sur la terrasse, ça vous va ? ». Il sourit : « je pose mes valises et j'arrive. » Je pars dans la cuisine préparer le plateau du café. En traversant le salon pour aller vers la terrasse il découvre une partie de mon installation que je ne lui ai pas présentée. Il apprécie la terrasse. J'en étais certaine !

Martin arrive directement de Séoul où il vient de passer une semaine. Sa société est établie plus au sud, près de Chonan. Je lui pose quelques questions sur sa vie et son job. Il s'étonne de ma présence à Paris en plein mois d'août. Je lui explique le travail d'écriture à rendre pour fin août. Débutant, je ne souhaite pas en parler. Nous nous donnons rendez-vous vers 19 heures pour préparer le dîner ensemble. Je lui montre l'état de mes provisions et nous décidons du menu. Il ira faire quelques courses dans l'après-midi. Nous organisons la façon de répartir nos contributions de nourriture et entretien.

Je suis soulagée, tout est simple parce que tout est dit et que chacun a le souci de l'autre. La cohabitation s'annonce fluide et intéressante. Martin va m'apporter sa différence, son regard sur les choses. Je suis à la fois réjouie et curieuse de cette nouvelle expérience. Certaine de m'enrichir et d'apprendre encore sur la vie et les êtres humains.

Je m'installe devant mon ordinateur et poursuis mes travaux d'écriture.

Hervé et Cerise progressent dans leur intimité. Elle s'imprègne de ses odeurs, de la douceur de sa peau et se détend. Hervé perçoit qu'il y a comme un blocage et il a assez de confiance en lui pour ne pas lui en vouloir. Il capte instinctivement que ce n'est pas dirigé contre lui. Ils vont au cinéma, elle pose sa tête sur son épaule, un grand progrès. Quand ils ne parlent pas du travail, ils sont silencieux le plus souvent. Deux êtres chacun avec leur histoire. Que peuvent-ils ou que veulent-ils partager ? Est-ce nécessaire de dire à l'autre ? Comment dire ? Est-ce utile ?

Un jour, Cerise prend une décision, elle sort la photo en noir et blanc de son sac et la déchire sans un mot. Il ne pose pas de question. Il a perçu qu'il vient de se passer quelque chose, d'important, l'attire vers lui. Elle se cache dans ses bras. Ils n'ont pas encore fait l'amour. Ils savent que le moment viendra : chaque chose en son temps. Hervé perçoit la fragilité de Cerise. Il sait qu'il n'est pas responsable de son passé. Il ne peut rien y faire, ce n'est pas le sien. Sa seule responsabilité : ouvrir à une autre histoire, à un futur qu'ils construiront à deux dans lequel ils seront bien. Juste créer une différence qui permet un avenir commun. Cela ne l'écrase pas, bien au contraire il se sent à sa place et serein. Depuis sa rencontre avec Cerise, sa vie s'est transformée, elle a trouvé un sens qui lui convient.

Martin passe une tête dans le salon et me propose un thé que j'accepte. Il s'installe sur la terrasse. Sa présence n'est pas envahissante ni insupportable. Concentrée sur mon écriture, je corrige, cherche, tâtonne dans mes mots ou mes expressions, efface et recommence. Focalisée sur mon travail, je l'oublie. Tant mieux. Heureusement que je suis entrée en écriture depuis plus d'une semaine. L'environnement ne me pèse pas, ne me gêne pas. Il est impératif d'écrire pour moi et cela simplifie la cohabitation, car je n'attends rien et je me sens bien.

Durant son séjour, je lèverai peu la tête de l'ordinateur. Martin préparera des repas, s'installera sur la terrasse ou dans la cuisine quand il veut regarder ses mails. Il est souvent absent ayant de nombreux amis à voir. Après le 15 août, les gens rentrent à Paris et il est très occupé. Il court les expositions, va beaucoup au cinéma rattraper les films de l'année, le grand écran lui manque. En général nous prenons notre petit-déjeuner ensemble sur la terrasse, chacun en robe de chambre et devisons en prenant notre temps. Il me raconte ses visites d'exposition ou les films qu'il a vus. Ne souhaitant pas parler de moi, n'ayant pas grand-chose à raconter qui ne m'engage pas, alors je le questionne et l'écoute. Je ne veux pas parler de mon travail à la radio avec le fameux « c'était mieux avant », ni de mon travail d'écriture et encore moins de mes enfants ou de ma peur de la retraite. Même si les gens adorent parler d'eux, Martin se limite à son travail, sa découverte de la Corée et ses rencontres marquantes, les livres qu'il veut emporter mais rien de très intime et cela me va bien.

Une chose amusante, il me parle des jeunes femmes coréennes qui souhaitent se faire épouser par un Européen. Toutes leurs tentatives d'approches sont une douceur bien agréable pour un homme occidental éprouvé par certaines femmes européennes, « trop » autonomes. Imaginer le « mâle occidental » pensant retrouver un équilibre avec ces jeunes femmes faussement soumises me fait rire. L'absurde, ou ce qui le paraît à mes yeux, provoque souvent l'hilarité chez moi. Les relations hommes-femmes de cette nature, issues des contes de princes et princesses, sont vouées à l'échec. Tout le monde le sait. Personne n'y trouve son compte. Certains, pourtant, s'obstinent à y croire… Martin comprend rapidement que je m'amuse en découvrant les stratégies des unes et des uns. Avec beaucoup d'humour, il caricature et alimente nos fous rires du matin.

Nous nous apercevons, dès les premiers jours de la cohabitation que nous n'avons pas été assez précis dans notre organisation. Sa vaisselle, comme ses bibelots, sont empaquetés dans des cartons entreposés dans sa seconde chambre. Son linge de maison est rangé dans une armoire bloquée par ses meubles. Il met ses machines à laver le linge en route lui-même et se débrouille pour l'étendre dans sa salle de bain. Il utilise ma vaisselle, car il ne va pas sortir la sienne, de même quand il est dans le salon, il s'installe chez moi. Quand j'écris ce paragraphe, je me dis, lecteurs, que vous devez me trouver mesquine. Je ne crois pas être « grippe-sou » ou regardante, mais ces détails matériels révèlent notre vie quotidienne. Nous partageons beaucoup de choses et devons chacun faire preuve d'intelligence de situation. Il est chez lui, je suis chez moi, mais nous ne sommes pas chez nous.

Martin est un gourmand qui prend plaisir à cuisiner. S'il prend ses repas à l'appartement, il décide du menu et le réalise. Rechercher et choisir de bons produits, même au mois d'août, l'enchante. « La cuisine française me manque ! ». Je me régale et apprécie. Bonne cuisinière, l'envie a disparu depuis que je suis seule. Je fais le minimum avec des produits de saison.

Nous vivons une cohabitation momentanée et choisie. À la fois très intimes et très distants. Je ne tiens pas à lui faire des confidences sur ma vie et lui non plus. Cela se passe bien, la soixantaine facilite les relations. Chacun se connaît et a déjà éprouvé ses limites. La vie a appris à reconnaître ce qui convient ou pas pour garder un équilibre et surtout éviter de se mettre dans des situations désagréables en les anticipant. Dans notre cas, il me semble que la capacité de chacun à vivre seul depuis plusieurs années renforce la maturité relationnelle. Depuis bientôt quatre ans, c'est la première fois que je partage le quotidien d'un homme. Après l'appréhension naturelle du départ, j'apprécie nos échanges du matin. Ils me manqueront.

Inquiète du temps qui passe et du mois d'août qui se termine, je me stresse. La fin des vacances s'approche, alors que le livre n'est pas terminé. J'écris le synopsis de la fin pour rester dans mon état intérieur de création. Mauvaise idée : je me bloque, me mets dans l'effort ce qui imprègne l'écriture, la rend laborieuse et difficile à lire. Bonne expérience pour me faire lâcher une pression que je m'impose toute seule. Respectant le temps nécessaire, avançant à mon rythme, j'accepte de montrer mon travail en l'état à Bastien avant de reprendre mon job en septembre. J'ai besoin de savoir si je peux envisager un futur en tant qu'auteur.

Martin m'invite à dîner dans un grand restaurant étoilé.

— Avant de quitter la France, j'ai envie d'un dernier plaisir : dîner avec une amie dans un endroit raffiné. Laissez-moi vous remercier pour ce merveilleux séjour qui m'a ouvert des horizons insoupçonnés sur la cohabitation amicale.

Et nous voici à la veille de son départ, chez un grand chef parisien. Soirée très agréable, au cours de laquelle nous rions beaucoup, nous amusant d'un rien et prenant un certain plaisir à découvrir les différentes saveurs et textures. Nous sommes bien ensemble et osons davantage nous exposer au regard de l'autre, demain la cohabitation sera terminée et chacun reprendra sa vie.

— Esperanza, je tiens vraiment à vous remercier pour votre accueil.

— Martin, je suis sensible à vos remerciements c'est délicat votre part. La situation était inédite pour moi comme pour vous.

— Je m'inquiétais avant d'arriver.

— Moi aussi !

— Ces bons moments ensemble sont notre réussite.

— Nous avons su gérer ces trois semaines avec intelligence. Ce fut agréable pour chacun.

— J'avais une appréhension qui s'est vite dissipée. J'ai apprécié votre discrétion, le fait que vous ne changiez pas votre vie pour moi. Nos petits-déjeuners me manqueront.

— À moi aussi

Nous sommes rentrés ensemble contents de notre soirée, légers et joyeux.

Cette parenthèse estivale fut révélatrice d'un futur que je n'avais pas envisagé : l'amitié sans ambiguïté avec des hommes. En dehors du travail, c'était nouveau et vraiment agréable. Ce fut possible car je n'attendais rien.

Et c'est parti !

Quelques jours après, Bastien installé sur la terrasse, calé dans un fauteuil, le manuscrit sur les genoux commence :

— Esperanza, je ne me suis pas ennuyé, c'est grave et léger. Vous êtes dans le ton de la collection.

— Vraiment ?

— Oui vraiment. Votre fil conducteur se tient.

— Pourtant j'ai dévié de la direction que vous voulez donner à votre collection. L'histoire d'amour ne repose pas sur la transition d'un amour à l'autre.

— Nous allons travailler ensemble à faire évoluer votre récit. Le personnage de Cerise est vraiment intéressant. Son mystère intrigue. Une sacrée personnalité que cette petite bonne femme pleine de vie. Je ne m'attendais pas à l'inceste.

— Moi non plus ! Cela s'est imposé !

— Vous avez su le suggérer sans le mettre au centre ni le minimiser mais je trouve cela un peu court. Vous pourriez en dire plus, décrire une scène entre Cerise et son père.

— Je vous arrête tout de suite. Ce n'est pas l'objet du livre, je ne veux pas raconter le malheur… Ça se vit mais c'est impossible à transmettre à quelqu'un qui n'en a pas l'expérience.

— Le lecteur a besoin de repères concrets pour entrer en empathie avec vos personnages.

— Ce n'est pas le sujet du livre mais cela fait partie de l'histoire de mon personnage. Une partie, pas le tout de l'histoire.

— J'ai apprécié votre façon de procéder : pas de voyeurisme, des petites touches qui donnent au lecteur des clés de compréhension de Cerise mais je pense qu'il faudrait que vous trouviez une façon plus précise de montrer sa douleur.

— Je veux, au-delà de tout, montrer sa volonté, sa détermination à créer sa vie et à ne pas se laisser enfermer dans un seul scénario, celui de l'inceste. Ne rien occulter mais ne pas en faire le centre d'une vie et donc le centre du livre, même s'il leur donne une tonalité particulière. Pour être plus claire, je souhaite montrer qu'il est possible de ne pas s'identifier toute une vie à un traumatisme de l'enfance. Même s'il colore toute une vie, l'imprègne plus qu'on ne le pense, une personne ne se réduit pas à son traumatisme aussi violent soit-il.

— Je comprends mieux et c'est réussi. Ce que vous venez de me dire est une grille de lecture importante et je vous invite à trouver un moyen de l'exprimer au lecteur. Certains devront effectuer le même chemin de compréhension que moi. Ils ont besoin d'être pris par la main et conduits où vous souhaitez les amener. Ils sont libres d'abandonner si cela ne leur correspond pas et qui sait, un jour de reprendre. Creusez aussi le personnage d'Hervé. Qui est-il ? D'où vient-il ? Vous avez su construire la jeune fille puis la jeune femme Cerise, faites de même pour Hervé. Vous verrez la transition, le rebond amoureux pourra peut-être se faire naturellement à partir de ce nouvel angle. Vous allez le sentir. La structure du récit risque de s'en trouver modifiée.

— Vous croyez à mon histoire ! Vous pensez que je dois poursuivre ? J'ai des chances d'être publiée ?

En écrivant ce dialogue resté, mot à mot, gravé dans ma mémoire, je m'aperçois que mes questions sont des affirmations. Tout à ma peur de n'avoir que l'issue de l'écriture pour mon avenir, je n'écoute pas vraiment ce qu'il me dit. J'attends seulement son feu vert.

— Bien sûr, vous devez continuer. J'ai eu bien raison de me fier à mon intuition, vous allez beaucoup vous amuser.

Je n'avais pas envisagé l'écriture comme un amusement. Et pourtant le mois d'août avait été si léger. Mon avenir se présentait plus radieux.

Bastien ne m'avait posé aucune question sur l'origine de mes personnages, ce qui me convenait. Ne connaissant pas les éditeurs j'avais craint de devoir tout expliquer, justifier. Son attitude respectueuse m'autorisait à continuer à ma façon et j'avais apprécié aussi qu'il me donne son point de vue et me fasse des suggestions. Une force incroyable s'était imposée en moi. J'avais l'assurance de la légitimité de mes personnages. Je pouvais préciser et faire évoluer, si besoin, certaines situations de Cerise ou Hervé mais pas n'importe comment. Je voulais garder ma cohérence interne. Sinon ce ne serait plus moi l'auteur. Le livre serait différent. Et dans ce cas, pas le mien. Une nouvelle force m'habitait, c'était bon.

Nous étions dimanche soir et le lendemain matin je serai de retour à la radio.

J'avais demandé à Bastien de passer à l'appartement avant de reprendre le travail. Il m'avait proposé la fin du week-end. Je m'étais dit : « si Bastien me montre son envie de poursuivre l'aventure littéraire, j'entame le processus de départ à la retraite. Dans le cas contraire, je m'investirai dans une réflexion pour me projeter et rapidement construire la nouvelle étape de ma vie. ».

Faire l'autruche n'était plus de mise, il était temps d'agir.

Mon été avait été fructueux, il devenait urgent de s'occuper de l'étape retraite pour poursuivre ma nouvelle aventure de vie : auteur !

Un dénommé Pierre

Ma décision soulage mon employeur. Je vous épargne les difficultés administratives dues à un parcours professionnel alternant contrats en CDD, CDI et chômage. Je ne m'étais jamais souciée de reconstituer ma carrière, grosse erreur ! Une fois ces dossiers lancés, je poursuis l'écriture des aventures de Cerise et Hervé tôt le matin, le soir – même la nuit quand je suis inspirée – après mon travail et le week-end. Totalement habitée par mes personnages, l'écriture est facile.

Première surprise : il m'est impossible d'écrire le prénom Hervé. Mes doigts tapent Pierre. Changeant de prénom, le personnage se modifie. Il est l'aîné de quatre garçons. Le père absent travaille sur des plateformes pétrolières au large de l'Afrique. La mère se dit épuisée, débordée par l'éducation de ses fils. Restant au lit une grande partie de la journée, dépressive, elle attend son homme. À chacun des retours, elle ressuscite une semaine avant, reprend en main la maison, l'éducation des garçons et donne le change à son époux.

En tant qu'aîné, Pierre doit montrer l'exemple à ses frères. À lui le rôle d'arbitre quand les disputes dégénèrent en bagarres. Il a pris l'habitude de mettre son doigt sur la bouche en soufflant un « chut », leur mère se repose. Il joue un rôle de père-mère qui lui vole son enfance. Le plus difficile pour lui est de ne rien dire à son père. Comment expliquer ce contrat conclu sans un mot entre sa mère et lui. Qui le croirait ? Ses frères lui reprochent souvent de prendre les choses trop au sérieux, de vouloir remplacer leurs parents…

Ils l'exaspèrent. Ils ne comprennent pas. Personne ne devine sa solitude. Avec sa mère la relation est ambiguë : faussement complice et frustrante. Elle le remercie quand ils sont seuls, devant ses frères elle le rabroue et semble exaspérée par sa présence.

Une enfance puis une adolescence qui n'en sont pas. Alors à dix-huit ans il part de chez lui, arrête ses études. Il ne manque de rien sur le plan matériel. Il est même plutôt privilégié : des vacances au bord de la mer chez ses grands-parents maternels, des cours de piano, de tennis, une belle maison de ville. Il a reçu tous les codes d'une éducation bourgeoise. Ceux qui assoupissent les aspirations personnelles. Et pourtant il n'en est rien. Pierre part de chez lui à sa majorité. Il n'a rien prémédité.

Où a-t-il trouvé sa force ? L'évidence des faits. Il comprend peu à peu que quoi qu'il fasse, rien ne changera. Un rôle lui a été attribué, il ne lui convient pas. Il n'y a rien à attendre des autres. À lui de prendre sa vie en main. Pour certains la solitude enfantine handicape l'avenir. Pour Pierre, elle construit sa force intérieure. Il gagne un temps précieux dans sa compréhension du monde, puisque l'enfance ne le protège pas. Il apprend rapidement à rester ancré dans le réel pour survivre. Il observe et écoute beaucoup. Il sait reconnaître rapidement les mouvements d'humeur de sa mère et comprend qu'il ne pourra rien y faire. C'est sa chance : ne pas se sentir responsable de la joie de sa mère ni de sa peine. Il est libre. Il ne lui en veut pas. Chacun pour soi. Il centre toute son attention vers ses études, promesse de liberté. Déception, malgré ses efforts, il reste un élève moyen. Son intelligence de vie, car c'est bien de cela qu'il s'agit, l'aide à accepter ce « moyen ». Alors il diminue son engagement scolaire : l'effort doit correspondre au résultat. Moins de pression, plus de temps pour soi. Pierre se forge des principes de vie et un sens de l'équilibre qui lui est propre.

L'été de ses seize ans, il vend des glaces sur la plage de la station balnéaire familiale. Épuisant de marcher dans le sable, pourtant il est heureux. Il fait des rencontres de toutes sortes. Beau garçon, il n'en a pas conscience, il attire les clients et fait le meilleur chiffre des vendeurs ambulants. Ce job d'été est une révélation. Il a un bon contact. Il est reconnu pour ce qu'il fait. Il trouve, à nouveau, un petit travail aux vacances de la Toussaint et gardera cette habitude de trouver un job hors des périodes scolaires. Sa mère donne son accord sans poser de question. À dix-huit ans, Pierre se voit proposer un poste de vendeur par le gérant d'un magasin de bricolage. Il accepte, même si ce n'est pas la situation de ses rêves, car il veut quitter le domicile familial. Apprécié, il bénéficie de formations et de promotions régulières. Quatre ans plus tard, responsable du rayon peinture, il est repéré par un client qui lui propose de l'embaucher. C'est le fondateur de Lambert&Cie, l'entreprise des cloisons amovibles.

À ce point de mon roman, dont je vous partage la construction ce qui peut vous intéresser puisque vous l'avez lu, lecteurs, je m'arrête toute à la joie d'avoir bouclé une partie de mon histoire. Un rayon de soleil, il fait encore bon sur la terrasse. Un verre de blanc, bien frais, à la main, je savoure ce moment.

Bientôt un an que j'habite cet appartement… Je m'y sens bien. Une vie assez solitaire qui me convient. Je ne suis pas disponible, ce projet de roman prend tout mon espace intérieur. La visite de Martin en août a créé une respiration dans ma vie monacale. Depuis son retour en Corée, il m'envoie un mail hebdomadaire que j'ai plaisir à lire : beaucoup d'humour porté par un style agréable. Mes réponses sont concises, je n'ai pas grand-chose à raconter. Quel intérêt aurai-je à lui écrire que je suis pleine de mon livre ? Il doit s'en douter depuis notre cohabitation estivale. Notre correspondance hebdomadaire est un plaisir : j'attends son mail, peaufine ma réponse ponctuée à mon tour de quelques traits d'esprit, je m'amuse et lui aussi j'espère.

La sensation diffuse de me préparer à un changement dont je n'ai pas la moindre idée m'envahit parfois. Alors je profite de l'instant présent, j'apprécie et reconnais ma chance. Martin écrit qu'il restera au moins deux ans en Corée, j'ai le temps de voir venir. Je regarde le ciel traversé par quelques nuages et je décolle. J'aime cet état flottant – mi-présente, mi-absente – provoqué par une rêverie. Bien souvent une ou plusieurs idées émergent. Elles semblent issues de liens noués ou dénoués entre des neurones dont certains sont laissés en jachère.

Rappel à l'ordre de mes cellules nerveuses ! Bastien a été clair sur l'objet de la collection destinée à des lecteurs « nouveaux célibataires » aspirant à revivre en couple. Il a même précisé : « des livres qui donnent la pêche ». Ce que je viens d'écrire sur le personnage de Pierre n'est pas très glamour. On sent une force de vie, comme chez Cerise. Ouf, cette pensée me remet les idées en place. J'allais commencer à me juger, me faire des reproches. Il a apprécié le personnage de Cerise, il appréciera celui de Pierre. Je devais étoffer Hervé. C'est fait. Il est devenu Pierre, avec une enfance, une adolescence. Il manque une histoire amoureuse avant sa rencontre avec Cerise. Elle concrétisera ce rebond d'amour inattendu.

Lecteurs, vous devez être surpris comme je le suis, de cette précision dans mes souvenirs. Plus de quinze ans après, je revis chaque instant au présent. Mes débuts de conteuse d'histoires ont obéi à un mouvement de vie si impétueux que je m'y suis soumise. En vous racontant la naissance de ce nouveau chemin de vie, je prends conscience d'un paradoxe. Le mouvement intérieur auquel j'ai obéi est aussi celui que j'ai initié. Chaque sensation et émotion vécues à l'époque, ressurgissent avec toute leur puissance du moment, au passé. Je comprends, à ce point de mon récit, que la nécessité d'écrire ce dernier livre pour vous, m'est aussi vitale. Comme une ultime fidélité à moi-même, transmettre mes ressources de vie pour ne pas mourir vraiment.

Reprenons le fil. Je suis étonnée de ce qui sort dans ce travail d'écriture. Ces personnages inventés que disent-ils de moi puisque c'est moi qui les crée ? J'adore ce moment de découverte. Le personnage s'impose, je le visualise, il vit sa vie. J'éprouve toutes sortes d'émotions avec lui. Cela me fait un bien fou ! Je m'amuse et m'allège. Je me sens espiègle et mutine. Libérer ma créativité réveillerait ma vitalité ? Avoir plus de soixante ans ouvrirait encore des portes ? L'émergence de cette idée m'émeut et me bouscule.

Une vraie nouvelle vie

— Esperanza, la force de caractère de Cerise et Pierre pourrait être renforcée par de simples scènes de la vie quotidienne qui montreraient les difficultés auxquelles ils étaient confrontés enfants, sans décrire la douleur, le drame mais le lecteur en tirerait les conclusions lui-même.

— Pouvez-vous me donner un exemple que je comprenne bien ?

— Laissez Pierre exprimer ce qu'il pense de la relation avec sa mère au lieu de le raconter, ou créez un dialogue entre sa mère et lui quand ils sont seuls, puis un autre en présence de ses frères.

— Ah je comprends ! J'avais peur que vous me demandiez de changer…

— Non, l'interrompt Bastien, il n'y a rien à changer dans le déroulement de l'histoire, seulement ajouter ici un dialogue intérieur ou trouver dans le récit une situation qui exprimerait la même idée. Vos personnages s'incarneront davantage. C'est juste une question de forme.

— Ok, je vois.

— Pour tout ce qui concerne leur vie d'adulte, je ne vois rien à ajouter.

Depuis une heure nous reprenons le texte, dans le bureau de Bastien. Il souhaite retravailler certains passages. Son expérience est précieuse. Il questionne de façon constructive, avec une curiosité sincère et une absence de jugement. Sa sérénité m'aide à exprimer plus précisément mon intention et déclenche un nouveau mouvement d'écriture. Ce travail à deux est un plaisir. Je ne suis plus seule avec mes personnages. Même si j'écris seule après nos échanges. Le regard de Bastien les rend plus vivants. Il dédramatise et démystifie ce qui est en train de se passer pour moi.

Mon histoire va être publiée. C'est énorme ! Ce sera le premier roman de la collection, les auteurs maison n'ayant pas souhaité s'investir pour rien. Je suis novice et heureuse d'être récompensée si vite. Un livre portant mon nom sur la couverture sera vendu en librairie ! Je vis cela comme une apothéose alors qu'il n'y aura peut-être que cinq à dix exemplaires de vendus.

Rapidement, pour ceux d'entre vous qui n'auraient pas lu « La douceur de boule d'épingles » je vous donne quelques éléments de la suite de l'histoire. Pierre rencontre Hélène au rayon des mèches de perceuse. Perdue devant la diversité des articles proposés, elle sollicite un vendeur. Pierre se retrouve à son domicile sous le merveilleux prétexte de vérifier la nature du mur pour choisir la mèche adaptée. Aucun d'eux n'est dupe, l'attraction est partagée. Elle a dix ans de plus. Ils se font du bien mutuellement, vivant sans projet d'engagement et sans pression. Après trois ans, Hélène se lasse de sa jeunesse. Il souffre intensément et disparaît sans un mot. Quand l'être aimé vous rejette, s'éclipser devient une ultime preuve d'amour.

Sans attache fixe depuis plusieurs années, sa rencontre avec Cerise provoque une révolution. Cette femme l'attire et, pour la première fois, il se projette dans une vie à deux. Il recherche sa présence, hume son parfum, respire le même air dès qu'il le peut. Cerise n'est pas réceptive mais il n'en est pas affecté. Il sait que c'est elle et pas une autre. Il le sait et cela lui suffit. Lecteurs, vous vous rappelez que Pierre s'est forgé, durant sa jeunesse, une force intérieure qui le libère de tout désir de dépendance. Pourtant il laisse son cœur s'attacher avec délice. Cerise sera plus lente. Toute à la joie de sortir de la cohabitation avec sa mère, elle profite de sa solitude, de sa vie de salariée. Elle découvre son attachement pour Pierre, plus tard. Leur plaisir à travailler ensemble ne trompe pas. La reprise d'entreprises sera le ciment de leur couple. Ils en rachèteront une puis deux… et d'un commun accord n'auront pas d'enfant. Pas envie de se relier à l'enfance. Ils ne veulent pas de tiers entre eux, même la chair de leur chair. L'exclusivité les rend inventifs et joyeux dans leur amour. Leur capacité à s'inventer des surprises qui se répondent gênera certaines de leurs relations, en amusera d'autres. Heureux ils se moquent des regards extérieurs et goûtent la légèreté nouvelle de leur vie. Cerise se découvre des trésors de douceur et tendresse qui la réparent du passé autant que Pierre. Elle n'imaginait pas posséder de tels dons. Ils se révèlent mutuellement sans se ressembler. Leurs différences s'affirment tout en fortifiant leur lien, c'est de l'ordre du vital pour chacun.

Ce fut la trame de ma première histoire. Je ne sais pas d'où m'est venu le choix de ces personnages. Je peux vous assurer qu'ils étaient bien vivants et ils le sont encore aujourd'hui quand je reprends ce livre. Ils plaisaient à Bastien, car leur célibat n'était ni une contrainte ni une douleur. Pour Cerise ce fut une première même si elle avait eu quelques aventures de courte durée. L'aventure avec Hélène prépara l'arrivée de Cerise dans la vie de Pierre.

Bastien me donne une date de publication. Première quinzaine de juin pour que le livre soit lancé avant l'été afin de profiter au maximum de l'effet plage-détente et créer le besoin d'achat avant de partir en vacances. Cette rapidité me surprend et m'inquiète. Bastien m'explique avoir bousculé le planning, car il croit en mon livre. Je comprends, à mi-mot, qu'un premier auteur est devenu mon ennemi, sans que j'ai choisi de lui déclarer la guerre. Il y a de quoi, la sortie de son livre est reportée d'un an à cause de moi. Il l'a mauvaise et m'en veut puisque je suis celle par qui le report est arrivé. Quelques années plus tard, je vivrai la même aventure du mauvais côté cette fois-ci. À sa façon, la vie a le sens de l'équilibre.

J'avais imaginé que le jour de la signature du « bon à tirer » serait un grand jour. Il n'en fut rien. Le travail sur ordinateur désacralise ce fameux « bon à tirer » qui faisait découvrir, enfin, le livre sous sa forme papier. J'allais écrire « enfin, le livre de chair et de sang », c'est presque cela. En fait, j'ai reçu un fichier PDF, je l'ai imprimé et relu pour repérer les dernières coquilles. Je n'en ai pas trouvé même s'il en reste toujours malgré nos corrections avec Bastien et la lecture du correcteur. J'ai signé le « bon à tirer » puis je l'ai scanné pour le renvoyer en fichier PDF. Rien de très glamour, aucune découverte, seulement des échanges de fichiers numériques.

Deux semaines plus tard, je suis invitée à choisir entre plusieurs couvertures proposées par un graphiste. Là aussi : déception. Du fait de la charte graphique, les couleurs sont imposées comme le style de dessin qui sera décliné pour toute la collection à venir. Franchement, j'ai été à nouveau contrariée. Sur le moment, je les ai trouvées sans saveur ni odeur. J'exprime mon regret à Bastien de ne pas être publiée chez Gallimard, Stock, Albin Michel, Fayard ou Grasset, ces maisons d'édition reconnues et qui font simple. Le titre et l'auteur sont inscrits dans la même typographie pour tous les livres de la collection, parfois à l'intérieur d'un cadre, sur un fond uni et sans couverture bariolée. Bastien si souple d'habitude est ferme sur ce point.

— Esperanza, même ces grandes maisons d'édition que tu cites créent une couverture amovible pour attirer l'œil du client. Certains lecteurs préfèrent la retirer et s'en tenir à la couverture traditionnelle. Je comprends que tu n'imaginais pas cela pour ton « bébé ». Mais là il s'agit de l'emballage qui servira à la vente et ça c'est mon travail. Ton livre tu veux qu'il soit lu par des lecteurs ?

— …

— Réponds moi, c'est important.

— Oui, tu le sais bien.

— Ton métier c'est d'écrire ?

— Euh… mon métier c'est journaliste.

— Oui mais dans notre projet commun c'est d'écrire.

— Oui

— Et mon métier c'est quoi ?

— Éditeur

— Et plus précisément ?

— Trouver des auteurs pour les éditer

— … et les vendre !

Nous nous tutoyons depuis nos séances de relecture. L'échange est rude. C'est la première fois. J'avais oublié ces derniers temps, l'autre facette de Bastien : homme d'affaires.

Résolue à sortir de mes rêves romantiques, je cherche à comprendre la mécanique de vente d'un livre, selon sa cible. Femme de la soixantaine, j'ai l'âge et le sexe du client idéal, celui qui nourrit les éditeurs. Je suis à la fois l'auteur et la cible commerciale c'est pourquoi Bastien décide de me mettre en scène et prévoit un budget « Relations Presse » plus conséquent que d'habitude, paraît-il. Il m'a bien évidemment demandé de lui passer tous mes contacts (radio, presse, etc.).

— Esperanza, on n'attrape pas les mouches avec du vinaigre ! Tu as un bon réseau, il faut s'en servir.

— Bastien, que feras-tu, de mes contacts après ?

— Ils seront dans ma base !

— Ils serviront pour les autres auteurs ? !

— Tout sert à tout le monde, ne te trompe pas de siècle !

— Je ne suis pas à l'aise avec tout cela.

— Tu apprendras vite quand le succès arrivera ! C'est un bon stimulant !

Il choisit de me présenter à l'équipe des commerciaux comme un auteur novice en qui il croit. J'apprendrai, après, que ce n'est pas la norme. Il leur raconte notre première rencontre, les amuse avec mes ratées du départ, heureusement sans entrer sans les détails. Il suscite leur intérêt en survolant la découverte amoureuse de ces deux célibataires au sein de leur entreprise. Je réponds à quelques questions de l'équipe et refuse de raconter le livre. Ils sont surpris. Mais comment peuvent-ils vendre mon livre à des libraires s'ils ne l'ont pas lu. Je ne connaissais pas le monde de l'édition alors. Je découvrirai avec les années que j'ai eu de la chance, les commerciaux ne peuvent pas lire tout ce qui est édité ! Alors je suis ferme, je n'en reviens pas moi-même, je leur explique les circonstances qui m'ont amenée à écrire ce premier roman sans leur raconter le livre. Cette décision, prise spontanément sans concerter Bastien, produit un fort impact sur l'équipe commerciale. Ils sont plus jeunes que moi, certains bien plus jeunes. Mon authenticité les étonne et les séduit. Tous ne liront pas mon livre, certains me l'avoueront quelques années plus tard, mais ils vendront ma personnalité et mon histoire aux libraires.

Il reste trois mois avant juin. Je me sens vide. La prise de ma retraite coïncide avec le point final de ce premier roman. Je n'arrive pas à me séparer de Pierre et Cerise. Je passe par des hauts et des bas. J'aide mes enfants pendant les vacances scolaires. Même si j'apprécie ces instants privilégiés avec mes petits-enfants, je profite mal de ces journées, obsédée à la fois par des personnages qui n'ont plus besoin de moi et par l'angoisse du vide qui réapparaît. Je ne me projette pas dans un futur. Et si le livre ne trouvait pas son public, si… Je vous épargne la ritournelle de mes pensées négatives. C'est alors que je fais un rêve.

Il y a quinze ans, je ne me souvenais pas de mes rêves ou à de très rares occasions. J'avais pris l'habitude de les transcrire. Celui-là m'a tellement marquée par son côté esthétique, que je n'ai pratiquement pas besoin de mes notes pour vous le partager.

Je nage dans une mer rouge. Un rouge magnifique, le rouge de certaines estampes de Hokusai[5]. La mer ne scintille pas, elle est mate comme la peinture sur le papier. Sa couleur rouge n'est pas inquiétante, bien au contraire elle me porte. Ce n'est ni un rouge vermillon ni un rouge carmin, c'est le rouge de la vie, dense et profond. Je nage, je nage… et tout en nageant je réfléchis. J'ai déjà affronté plusieurs vagues assez hautes, très rapprochées. J'ai été roulée, essorée, asphyxiée et pourtant j'en suis sortie. Je me prépare à rencontrer une nouvelle vague, j'ai acquis maintenant une bonne technique qui me permet de choisir le meilleur moment pour plonger sans être aspirée par les remous. Cette vague est très distante des précédentes, je nage tranquillement, je la vois se rapprocher, mais point d'écume bouillonnant à sa crête ni de hauteur monumentale donnant l'impression qu'un mur d'eau va s'écraser sur vous. Je guette l'instant favorable, je suis prête. Or la vague s'élargit à sa base, me porte vers son sommet, et je monte tranquillement. Dans un premier temps, je ne comprends pas ce qui se passe, est-ce une accalmie ? Je poursuis ma nage et je découvre que je prends de la hauteur tout simplement. C'est facile, je ne vais même pas avoir besoin de plonger pour la traverser. C'est alors que

5 Hokusai : peintre japonais (1760-1849)

je comprends, la vague me porte, elle est devenue alliée même si je ne l'avais pas perçue hostile auparavant. Je fais corps avec elle et je suis bien.

Au réveil, profondément détendue, tout imprégnée de ce rouge magnifique sur lequel j'ai la sensation de glisser, le corps encore alourdi par ce voyage dans l'inconscient, la tête envahie d'estampes représentant le mont Fuji ou une barque de pêcheurs dans les vagues, je navigue entre ma nuit finissante et ma nouvelle journée débutante. Durant la matinée, une confiance et une force nouvelles m'envahissent. Je ne cherche pas à décoder quoique ce soit. J'accueille ce cadeau de la nuit tel qu'il m'est donné. Il me remet les idées en place. Je lâche ma ritournelle négative. Cela n'a pas d'importance, je vis.

Premières rencontres avec les lecteurs

Le livre est sorti en juin. Bastien m'a fait livrer par coursier un exemplaire dès qu'il l'a reçu de l'imprimeur. Encore une fois je suis déçue. La couverture, je vous en ai déjà parlé je ne reviendrai pas dessus. Mais quand j'ouvre pour la première fois « La douceur de boule d'épingles » ce qui me saute aux yeux, c'est la couleur du papier : il n'est ni blanc, ni bis, ni écru mais légèrement gris. Cela ressemble à un papier de mauvaise qualité et moi qui aime toucher les livres, celui-ci ne m'attire pas, un comble ! De plus, le texte qui me semblait aéré sur le manuscrit en format A4 me donne une impression d'étouffement à cause des marges étroites. Je n'avais pas su traduire visuellement le bon à tirer, avec les petits angles aux quatre coins de la page. J'en pleure d'impuissance. J'en veux terriblement à Bastien qui a dévalué mon livre en ne le rendant pas aimable dans sa forme incarnée. Je marche plusieurs heures dans les rues sans but ni boussole, juste pour digérer le choc et lâcher ma colère. Je sais que Bastien m'appellera ce soir tout guilleret pour dire « Le coursier t'a apporté ton livre ? Je te l'ai envoyé dès qu'on l'a reçu, tu es contente ! Quel effet cela te fait de voir ton nom en haut de la couverture ? ». Je ne veux pas me fâcher avec lui. Ce qui est certain, si je lui dis ma vérité tout à trac, je risque de réalimenter ma colère et de ne pas me contrôler. Je le blesserai autant qu'il m'a blessée.

Durant ma marche défouloir je reprends le fil des évènements et vois ma chance. Tant d'auteurs désirent être publiés. C'était ma première fois, j'apprends. Bastien a peut-être changé d'avis sur le montant de son investissement ou voulu tout simplement récupérer une partie de son lancement médiatique. Je décide que si le livre se vend bien, c'est le critère de Bastien, je vérifierai ces points et les ferai inscrire dans le contrat. Effectivement, dès mon deuxième livre, je serai attentive à ces paragraphes. À la troisième réédition de « La douceur de boule d'épingles », le papier sera changé et les marges agrandies. Je ne lâcherai pas, mais il m'aura fallu attendre un meilleur équilibre des forces.

Après cette longue marche, j'ai retrouvé un état d'esprit qui me permet de savourer cette première édition de mon premier livre. Grâce à Bastien j'ai peut-être une chance de vivre une nouvelle vie ; surtout ne pas la gâcher, ne pas se tromper de niveau.

Comme une gamine, j'ai fait le tour des librairies pour le voir sur les étagères ou pour le plaisir de le demander. Je suis à la fois excitée, j'ai écrit ce roman, et détachée, je le découvre comme si je ne l'avais pas écrit. Une drôle de sensation que de gérer le dédoublement.

S'ajoute à cela, une exposition médiatique dont je n'ai pas l'habitude. Bastien a beaucoup travaillé avec son attachée de presse en me présentant comme un auteur en qui il croit beaucoup. Il met en avant mon âge, mon ancienne émission de radio « Mes rencontres au travail et alors ? », ma reconversion d'écrivain. Tous les deux ont écrit une histoire qui n'est pas fausse, qui attire et qui n'est pas vraie non plus. Mes dernières années de radio, « placardisée », n'existent pas de même que la prise de ma retraite. J'ai refusé catégoriquement de parler de ma vie privée. Ils ont bien travaillé, plusieurs journaux nationaux ont sollicité des interviews avant la sortie du livre.

Autre déception, ma relation avec l'attachée de presse n'est pas excellente, c'est pour cela que je n'ai pas envie de vous donner son prénom. Je dois faire avec. Elle ne comprend pas ma volonté de me distancier de mon émission radio. Je la trouve dispersée, agitée et toujours pendue à son téléphone. Elle n'a pas lu mon livre. Je ne conçois pas qu'elle puisse faire un travail de qualité. Elle est habituée à faire ce qu'elle veut et moi je ne me laisse pas faire, je connais les médias quand même ! Et puis je la trouve superficielle. Ses communiqués sont mal écrits, voire creux, et je souffre. Bastien me dit : « elle a un réseau génial ». Franchement je ne trouve pas, elle me pique toutes mes adresses !

Je suis heureuse d'être reconnue et déçue parce que mon livre – sujet, style, construction du récit et des personnages – tout le monde semble s'en moquer. Personne ne m'en parle réellement. Il n'est pas intéressant ? Cela me met un coup au moral, mon amour-propre déraille. Pourtant Bastien est enchanté : qu'on parle de moi, c'est parler du livre, d'autres médias vont suivre le mouvement. Il va marcher c'est-à-dire qu'il va se vendre ! De mon côté je suis moins confiante.

Toute cette agitation me donne la sensation de n'être qu'un produit. Déconcertée, je découvre un envers de décor insoupçonné. Pour vendre, il faut faire parler de soi, se rendre visible, sortir de la masse. Cette logique est la même dans tous les domaines, les livres n'y échappent pas. Première étape réussie. Pour autant, cela ne veut pas dire que le livre est bon, bien écrit. Tout le talent de Bastien est d'avoir perçu et compris un type de lectorat. Proposer mon histoire sous un certain angle lors des interviews est une première étape pour rejoindre ce marché.

Lorsque je comprends ce mécanisme, je cesse de m'identifier à mon livre ce qui me libère. Ma valeur humaine ne dépend pas de lui. Le produit c'est lui. Je le promeus, c'est mon job. Son succès comme son échec ne donne pas ma valeur. Cette prise de conscience décisive conditionnera ma créativité future comme ma sérénité lors des interviews et mes relations avec vous, lecteurs. La sensation de dédoublement disparaît alors pour laisser la place à l'accueil de mon public, vous !

Bastien organise dans deux petites librairies de province mes premières rencontres publiques. Je ne comprends pas pourquoi si tôt, alors que le livre sort à peine.

— Bastien les gens ne l'auront pas lu. De quoi va-t-on parler ?

— Tu vas leur donner envie de le lire, c'est aussi important. Et puis, c'est un échauffement pour juillet/août, me répond-il. J'aimerais que tu ailles à la rencontre de tes lecteurs pendant leurs vacances. Je suis en train de te concocter un programme qui va t'amuser avec des libraires qui recherchent des animations littéraires pour l'été.

— Mais tu ne m'en as jamais parlé ! L'année dernière je ne suis pas partie avec mes enfants et petits-enfants, je veux pouvoir profiter de ce temps de vacances avec eux cette année. C'est ma joie.

— Je comprends, Esperanza, il faut aussi accompagner la sortie de « La douceur de boule d'épingles ». Nous devons créer un mouvement autour de ce premier livre de la nouvelle collection. Combien de temps souhaites tu prendre avec tes enfants ? Où vous retrouvez-vous ?

— Il me faut un minimum de quinze jours.

— Dans quel endroit serez-vous installés ?

— Nous louons depuis des années une maison proche de la plage, dans le golfe du Morbihan.

— Quand ?

— Du 1er au 15 août minimum parfois plus.

— Je peux organiser une ou deux rencontres sur ton lieu de vacances. Est-ce qu'il y a du monde ?

— Si tu veux, mais pas plus. Je veux vraiment être disponible pour ma famille.

Les relations avec Bastien sont devenues presque amicales depuis notre travail commun de la reprise de certains passages du manuscrit. Le tutoiement est venu spontanément ce qui ne s'est pas fait avec Martin, durant notre cohabitation du mois d'août. Pourtant nous étions de la même tranche d'âge.

Ma première rencontre publique se déroule chez un ami de Bastien, libraire à Compiègne. C'est assez proche de Paris pour nous et assez loin pour que la vie culturelle vive par ses propres ressources. Je suis curieuse de cette nouvelle expérience. Ce samedi après-midi, entre 15 h et 17 h 30, je devise avec le libraire qui est désolé de n'avoir pas eu le temps de lire le livre. Il en est de même pour les six personnes qui pousseront la porte. Trois l'achètent. Je rédige mes premières dédicaces. Bastien m'a invitée à préparer quelques phrases courtes que je modulerai selon l'interlocuteur.

Une expérience enrichissante qui achève de démystifier la réalité de l'écrivain en dehors de l'acte d'écriture. Je découvre les heures d'attente passées à remplir le temps avec des inconnus que ce soit le libraire, le public ou plus tard les organisateurs de salons du livre ou autres manifestations culturelles. Nous faisons connaissance, échangeons des propos banals sur nos raisons de participer à cet évènement.

— C'est vous l'auteur ?

— Oui

— Vous avez eu du monde ?

— Pas pour le moment, quatre personnes

— Ah c'est bien, le dernier qui est passé, il n'a eu que deux personnes ce n'est pas comme untel, lui il est connu et la librairie était pleine.

— Que faites-vous ici ?

— J'aime rencontrer de nouvelles têtes. À Compiègne on peut vite tourner en rond alors j'aime bien venir à la librairie, je m'aère.

— Je vous comprends.

— On m'a dit que vous avez été animatrice radio ?

— Oui

— Cela doit être intéressant, vous animiez quel genre d'émission ?

Ce jour-là, comme lors des prochaines rencontres avec le public, mon métier à la radio intéresse davantage les personnes présentes. Un grand coup pour le mythe de l'écrivain. La majeure partie des gens ne manifeste aucun intérêt pour mon roman. J'ai une petite notoriété, fruit de mes émissions de la nuit et c'est pour cela que quelques personnes viennent me rencontrer. Je suis d'autant plus touchée que cette page est tournée pour moi depuis plusieurs années déjà. Cet après-midi m'apprend à profiter des rencontres du moment, à sortir de l'image fantasmée que je m'étais faite de l'écrivain, à ne rien attendre. Je peux alors me projeter dans un avenir composé de temps de rencontres, de travail d'écriture solitaire et en équipe avec l'éditeur. Je capte cette nouvelle vie, la ressens par instant et tout se simplifie.

Cela pourra vous sembler étrange, lecteurs, en quittant Compiègne dans la voiture de Bastien, j'avais la certitude que je vivrai cette vie-là grâce à Nous : vous et moi.

Drôle de rencontre

En rentrant de Compiègne, j'organise mes journées différemment. J'entreprends un nouveau livre « Le sorcier amoureux ». J'écris tous les jours, mais cette fois-ci je n'ai pas de pression. Je n'ai pas de projet, juste une idée que je tire comme un fil, au fur et à mesure du travail d'écriture. Je n'informe pas encore Bastien, voulant découvrir ce nouveau livre avant de lui en parler.

Des signatures sont organisées dans deux librairies de province. J'y vais seule. Il y a peu de monde, le temps s'étire et pourtant j'apprécie. Je suis touchée par la gentillesse de ces deux libraires, Solange puis Benoit. Chacun a vraiment lu « La douceur de boule d'épingles » ce qui me fait plaisir. Ils ont aimé et pensent que le livre va marcher.

Deux librairies aux approches clients bien différentes et qui, d'après leurs propriétaires, marchent correctement. « On n'a pas à se plaindre… » m'ont-ils dit chacun de leur côté. Dans le langage du commerce cela signifie que tout va bien. Je suis étonnée, je croyais qu'être librairie était peu rentable.

La première librairie, éclairée par la lumière naturelle traversant de grandes baies vitrées, située sur une place, appartient à Solange. Quand son patron a pris sa retraite, elle l'a rachetée et gardé les deux employées, ses anciennes collègues. Petite femme, souriante, d'une quarantaine d'années, les cheveux serrés en une longue natte brune, portant pantalon et chemise en jean, des santiags aux pieds, il se dégage d'elle un sentiment de liberté qui me met très vite à l'aise. «Je n'ai pas eu à changer grand-chose. Mon ancien patron était si content de me vendre sa librairie qu'il a voulu me faciliter la tâche en faisant des travaux, avant de partir, auxquels il m'a associée. Nous avons reconfiguré l'espace, agrandi en déplaçant la réserve au sous-sol. Nous voulions que les clients puissent circuler. Il vient encore me donner un coup de main au moment de Noël, les clients sont contents de le retrouver, c'est très familial ici.».

Benoit vit son rêve depuis dix ans. Il a profité d'un plan social pour investir dans cette librairie avec sa femme. La petite cinquantaine, un peu rond, pantalon en velours côtelé, une chemise épaisse en tissu écossais et un pull à col en « V ». Je l'imagine fumant la pipe devant un bon feu dans un fauteuil confortable. Il est seul, le jour de la séance de signatures, son épouse est partie accompagner un de leurs enfants à une compétition de tennis. La librairie est située dans une petite rue, pas loin de la place du marché. Les livres sont disposés sur des étagères assez hautes, et je n'arrive pas bien à voir les titres. Quand je lui demande si cela ne gêne pas les clients, il est étonné : « mais je suis là pour les servir. Ils me demandent le livre qu'ils veulent soit il est en rayon et je le leur donne, soit je le commande ». Sa librairie n'est pas très grande, il y a des livres partout et rien n'est organisé pour laisser le lecteur flâner, toucher les livres. Dès qu'un client entre dans la boutique, il est pris en main par Benoit ou sa femme.

L'insistance de Solange et Benoit à me dire « cela va marcher » me gêne au début. Bien sûr, je rêve d'un succès comme les enfants rêvent de princesses ou princes charmants et, en même temps, cette réussite ne s'incarnant pas encore – et s'incarnera-t-elle ? – je n'arrive pas à me situer dans ces nouvelles relations. Je cherche d'abord à savoir si mon travail leur a plu. Je guette dans leurs réactions des preuves de ma légitimité d'écrivain. Or pour eux, je suis un auteur comme un autre, sinon je ne signerai pas de livres un samedi après-midi dans leur librairie. Leur «ça va marcher» sonne à la fois comme une reconnaissance venue de professionnels et un «il faut y croire» de ces mêmes professionnels. Personne ne connaît à l'avance le comportement des lecteurs. Ce n'est pas plus compliqué que cela. À travers ces deux libraires, je comprends que c'est à moi de m'accepter comme écrivain tout simplement. Un écrivain débutant, inconnu pour le moment mais écrivain. J'ai écrit un roman. Le succès, la réussite dépendent d'une autre mécanique dans laquelle je joue, seulement, un petit rôle. En guettant, dans leurs yeux, ma légitimité je perturbe notre relation naissante, car je ne me positionne pas à ma juste place.

Ce paragraphe que je viens d'écrire, qui termine par «place», me fait un bien fou. Avec le recul, je mets des mots sur un ressenti multiple, complexe. Je décortique des évidences, peut-être, mais à l'époque, elles ne l'étaient pas. Tout me revient. Me replonger dans ces étapes d'apprenti écrivain me donne une autre vision. Solange et Benoit, en me considérant comme un auteur, m'ont aidée à faire la bascule et à oser me dire : «je suis écrivain». La vie ce n'est pas plus que cela. De petits mouvements intérieurs conduisent d'un état à un autre. Il y a l'avant et l'après. Je ne suis pas écrivain puis je suis écrivain. C'est cela l'important : être conscient de ce qui est advenu pour ne plus être dans ce qui n'est plus. S'inscrire au mauvais endroit de sa vie crée des perturbations avec l'environnement. Le désordre relationnel s'installe ainsi avec sa cohorte d'incompréhension et de souffrances qui en découlent. Oh la la les amis voici que je philosophe… et je vous fais perdre le fil de ce récit. Revenons à nos deux libraires Solange et Benoit.

Chacun me dévoile des fragments de son quotidien. Je retrouve une curiosité, une disponibilité identique à celle qui m'animait il y a dix ans, dans mes années radio. Ils veulent chacun m'aider à trouver mes marques. Tout en s'excusant du peu de monde, ils m'incitent à poursuivre les signatures en tenant le même discours. « Rencontrer des lecteurs, découvrir la vie des librairies fait aussi partie du travail des auteurs. Votre sujet et votre style créent une certaine proximité avec votre lectorat. Nourrissez-là avec des rencontres. Vous verrez, vous drainerez des confidences, vous serez un membre de leur famille, car vous allez en écrire d'autres ! ». Ils s'intéressent tous deux davantage à ce qui m'a amenée à l'écriture qu'à mes personnages. Je comprendrai avec le temps que c'est un respect de mon intimité. Un photographe de la presse locale passe rapidement prendre quelques photos dans la librairie de Solange mais je ne rencontre pas de journaliste. Je me demande qui va rédiger le papier accompagnant la photo. Je repars de chacune de ces librairies, le cœur empli de ces instants de vie partagés. Leurs prédictions s'avèreront justes. Je vous remercie, Solange et Benoit, vos conseils précieux je les ai suivis ! Rencontrer, aimer mes lecteurs et mes futurs lecteurs.

Des nouvelles de Martin qui vient à Paris durant mon absence. On ne pourra pas se voir puisque je serai en Bretagne. Il me demande s'il peut venir avec une amie coréenne à qui il veut faire visiter Paris. J'ai un pincement au cœur, une sensation désagréable d'intrusion dans mon territoire. Ce n'est pas Martin qui me dérange, c'est la Coréenne. Je ne vois pas comment dire non vu les bonnes relations que nous entretenons avec Martin. Il a la correction de me demander mon accord avant sa venue, j'ai le temps de ranger mes affaires et de me préparer à sortir de ma zone de confort.

La vie me surprend et me bouscule d'un côté où je ne l'attends pas. Je le trouve cavalier, il me loue son appartement, ce n'est pas pour y amener ses copines ! Mon nid de renaissance, mon cocon transformé en garçonnière, ah non ! Je ne dis rien tout en pestant intérieurement. Cette contrariété m'oblige à me projeter et à envisager mon futur chez moi. L'exercice est difficile, je ne vois rien sauf un grand tableau noir. Ne pas insister puisque la visualisation renvoie un vide. Prendre en compte cette alerte pour ne pas végéter ou me croire installée. Le provisoire est mon quotidien, ne pas me leurrer.

Août en Bretagne, enfants et petits-enfants au grand complet, dans la maison louée tous les étés depuis plus de vingt ans. Nous sommes « chez nous » et retrouvons chaque année des familles amies. Je laisse mes « enfants-parents » organiser le quotidien familial entre eux. Les observer, les écouter me fait plaisir. Chacun de mes enfants construit sa famille singulière. J'aime les voir « advenir »... dans leurs vies d'adultes... Je n'ai pas peur pour eux, je connais leurs ressources, leurs forces. Ils se révèlent, me surprennent. Quinze jours à vivre ensemble, je me réjouis même si je sais que ce sera fatigant.

Cette année-là, les vacances sont reposantes. Mon absence de l'année dernière leur a permis de changer les habitudes et d'organiser le quotidien à leur façon. Ils reprennent la maison en main cet été et c'est bien ainsi. J'apprends durant ces vacances à prendre une autre place. Laisser faire, être disponible si besoin et surtout apaiser, ne pas en rajouter.

Mon activité d'écriture facilite ma prise de recul sans que je me sente exclue ou repoussée. Beaucoup de mes amies d'été ne vivent pas les choses comme moi. Elles sont débordées et peu disponibles,

« ma maison est pleine » disent-elles. J'ai du mal à comprendre. Nous avons vieilli, c'est au tour de nos enfants maintenant ! Elles veulent, peut-être, ne pas perdre une miette de cette dynamique familiale qui les vivifie. Elles hésitent à reprendre nos habitudes de retrouvailles au Café de la Cale, le matin vers dix heures, devant nos « grands crèmes » ou « expressos serrés ». C'est un rituel que nous avons démarré quand nos enfants avaient six ou sept ans. Nos hommes faisaient le marché, les enfants déposés à l'école de voile, nous nous retrouvions sur la terrasse de ce café donnant sur le port. Parfois c'était cinq minutes, d'autres fois plus long selon les impératifs familiaux. Cette année, je me retrouve souvent seule avec Marie, les copines désertent.

Mes enfants et leurs partenaires ont lu mon livre bien sûr, ils suivent l'aventure depuis le début. Ils sont contents que j'ose aller vers ma passion. Je ne vous en dis pas plus sur leurs réactions parce que ce n'est pas l'objet de ce livre. Je ne vous indique pas non plus leur nombre, leur âge et leur sexe, c'est privé. Ma nouvelle aventure les amuse et ils passent me voir dans les deux librairies qui m'accueillent pour les signatures. L'une se situe à plus de trente-cinq kilomètres et a même organisé une « causerie » avec des lecteurs. Les plus grands de mes petits-enfants sont persuadés d'avoir une grand-mère célèbre parce que la librairie de notre station balnéaire a disposé, dans sa vitrine, plusieurs exemplaires de « La douceur de boule d'épingles ». L'affiche, avec ma photo, la date de la signature, est collée sur les portes des commerçants ou à leur comptoir. Est-ce les vacances, le temps gris ou le fait que je vienne depuis vingt ans dans la région ? Il y eut du monde dans les deux librairies. Je m'entends, une vingtaine de personnes qui m'ont semblé une foule. Je dois avouer que j'étais fière d'avoir à dédicacer ces livres devant mes petits-enfants qui m'entouraient tels des gardes du corps. Ils voulaient voir, participer. Dans ce lieu de vacances, à l'esprit très familial, je n'avais aucune raison de refuser, car je ne les exposais pas. C'est pourquoi, il n'y a pas eu de photos avec eux pour le journal local. Leurs parents avaient dû leur faire la leçon, ils furent d'une sagesse exemplaire. Quand je me replonge dans ce souvenir, me revient notre joie d'être ensemble à goûter cet instant d'une de mes premières signatures et de franchir avec eux tous cette nouvelle étape. J'ai profité de ces vacances comme jamais. J'avais à rattraper une année mais surtout j'étais allée au bout de mon livre. Cette expérience me rendait plus solide et plus disponible à chacun.

Fin août, Bastien organise une signature dans une librairie d'Arcachon. Je n'ai plus la sensation de partir vers l'inconnu. Accueil très agréable du couple qui tient la Maison de la Presse. Je les sens épuisés par la saison d'été. Des affiches me présentent comme la journaliste de radio devenue romancière. Le nom la radio ainsi que celui de l'émission est inscrit. Cela me gêne car ce n'est pas la vérité. Je décide de ne rien dire et d'en parler à Bastien en rentrant. Son attachée de presse n'en fait qu'à sa tête. Le mélange des genres me déplaît. Je le trouve même dangereux pour moi. La radio pourra me reprocher d'utiliser son nom sur les affiches.

Je devise avec les vacanciers, certains achètent le livre et je me demande s'ils le liront. « La douceur de boule d'épingles » mène sa vie. Il ne m'appartient pas, même si j'en suis l'auteur. Contrairement à un être vivant, il n'évoluera plus. Un roman peut réveiller certains lecteurs. Ce mouvement de vie je le guette dans mes rencontres comme un témoin de ma propre vitalité. Je ne regarde pas la queue des trois ou quatre personnes souhaitant une dédicace. Je me concentre sur les échanges avec chacun.

L'odeur d'un parfum que je connais attire mon attention. Je sens une présence, je lève les yeux. Soleil est devant moi, souriante, le livre à la main, un homme blond à ses côtés. Mon premier réflexe est d'être gênée et à toute vitesse des pensées me traversent. « Je ne lui ai pas demandé son accord. Elle a dû se reconnaître si elle a lu le livre. Si elle ne l'a pas lu, il faut que je la prévienne. J'ai tout inventé sauf la photo ». Puis la joie de la retrouver au bout de sept ans l'emporte. Sa vie n'est pas mon roman. Je me réjouis de la revoir et de l'écouter. Je suis curieuse de savoir ce qu'elle devient.

Soleil anime une émission radio dans sa ville et souhaite m'interviewer avant Noël. Elle a aimé le livre et veut centrer le thème de son émission sur les femmes de soixante ans qui rebondissent. Je suis étonnée, vis cela comme une opportunité et j'accepte. L'homme à côté d'elle sourit sans dire un mot. Elle me propose de nous retrouver pour le dîner, c'est leur dernier jour de vacances. Nous convenons d'un horaire et lieu de rendez-vous. Je suis enchantée à cette perspective.

Après la signature et fermeture du commerce, nous prenons un petit verre de blanc frais avec les propriétaires, très détendus et contents. « C'est notre moment à nous tous les soirs d'été. Vous êtes contente ça a bien marché. Et en plus vous avez retrouvé une amie qui part demain, vous auriez pu vous rater. Sacrée coïncidence ! On ne vous retient pas ! Allez vite la retrouver. Nous nous couchons comme les poules, le matin avec les journaux on se lève aux aurores ».

Je m'échappe pour retrouver Soleil et son mari. Vous n'allez pas me croire, il se prénomme Pierre. C'est un choc ! Soleil sait très bien que je ne connais pas le prénom de son mari. Lors de ses passages à l'antenne, elle parlait toujours de « son époux, son amoureux ou son homme.» Je ne sais pas quoi dire. Pierre me met tout de suite à l'aise : « Esperanza vous n'êtes pas au bout de vos surprises ! ! !» . Nous commandons des coupes de champagne, trinquons à nos retrouvailles. Le Pierre de Soleil dégage le même type d'énergie que le Pierre de Cerise : une certaine tranquillité. La première surprise passée, je m'en amuse. Il s'éclipse après l'apéritif nous laissant seules pour le dîner.

Nous voici toutes les deux, silencieuses goûtant cette soirée de fin d'été, au bord du bassin d'Arcachon. Quelques bateaux rentrent au port. D'un accord tacite, chacune dans nos pensées, nous attendons que le serveur vienne prendre notre commande. À ce moment précis, je me suis dit : «je ne sais plus vraiment ce que j'ai écrit dans "La douceur de boule d'épingles", ce livre est sorti de moi, je ne suis plus dedans, je ne vais pas pouvoir en parler. Habitée par mon deuxième livre, je n'en ai pas envie et je ne peux plus revenir en arrière.» Profiter de ces retrouvailles, c'est tout.

Nous sommes distraites par l'arrivée d'une famille d'habitués. Les embrassades avec le patron, les serveurs, le bruit des chaises déplacées, les pleurs d'un enfant qui veut changer de place…

Soleil interrompt notre silence :

— On peut peut-être se tutoyer maintenant, car tu me connais bien.

— Parfait pour le tutoiement.

— Je ne vais pas te dire ce qui est vrai et ne l'est pas.

— Je ne te le demande pas.

— Sache que tu as un vrai talent d'empathie, surprenant. Je sais très bien ce que je t'ai raconté de ma vie. L'inspiration que tu y as puisée et ce que tu en as fait m'a tout simplement scotchée. Bravo Esperanza… !

— Merci Soleil, cela me touche vraiment.

— C'est un vrai talent que tu as. Mais je ne t'en dirai pas plus. Alors, raconte-moi comment tu vis tout cela, ce chemin vers le succès !

— Attends c'est trop tôt encore pour parler de succès.

— Ne dis pas non… Ne minaude pas un peut être… Ce livre sera un succès !

Affirme-t-elle d'un ton n'acceptant pas la contradiction .

Je ris :

— Merci pour tout ce que tu dis j'avais peur de ta réaction…

Nous conversons tard dans la nuit.

Après le dîner nous marchons le long de la plage. Soleil me bombarde de questions, sa curiosité est insatiable. Je fais de même l'interrogeant sur son parcours de ces dernières années. Son silence, son absence s'expliquent par la photo montrée furtivement. Ne souhaitant pas de questions sur ce sujet, se reprochant son geste spontané, elle s'inquiète de son influence sur nos relations et préfère suspendre les contacts. La découverte de mon premier roman la libère. L'histoire de Cerise n'est pas centrée sur l'inceste, ce viol et vol de son enfance même si ce fut mon point de départ. Sans rien nier du traumatisme, le roman l'utilise pour expliquer la force et le caractère du personnage sans l'identifier à ce seul moment de sa vie.

Soleil me dit avoir bouclé quelque chose de son histoire à travers cette lecture. Les similitudes ou coïncidences avec sa propre vie ne la gênent pas. Le personnage de Cerise l'a embarquée.

Nous trouvons un endroit calme et nous asseyons dans le sable. Le ciel brille d'étoiles, la lune est presque pleine. Chacune, la tête posée sur les genoux pliés entourés de nos bras, je goûte ce moment inattendu de bonheur.

D'après Soleil, ce quc j'ai fait, de ce qu'elle m'a donné puis repris, montre mon talent d'écrivain.

— Tu as une capacité à saisir des choses avec un certain regard, à les transformer puis à les offrir. D'après moi, seule la transformation est intéressante c'est elle qui apporte une dimension artistique : la raison d'être de l'écrivain.

Avec sa générosité de ne vouloir ni contrôler ni posséder la photo partagée, Soleil me fait naitre à mon nouveau métier. On ne sait plus qui donne et qui reçoit. C'est un seul et unique mouvement, la danse de la vie. Une soirée inoubliable.

En quittant Soleil pour retrouver mon hôtel, je me dis qu'elle a su trouver les mots. Je ne chercherai plus ma légitimité dans le regard des autres mais au fond de moi. Je me sens plus solide et utile : une vraie chance.

Le combat de Soleil

Depuis cette soirée à Arcachon, nous restons proches Soleil et moi. Une amitié forte, construite au fil des années et nourrie de longues conversations sur nos histoires personnelles qui nous ont amenées à nous intéresser à la place de la femme, à l'éducation des petites filles. Comment leur inculquer, leur insuffler qu'elles portent en elles une puissance identique à celles des hommes ? Comment sortir du cercle vicieux des victimes, ces fausses soumises qui manipulent leur entourage ? Se vivre puissante, avoir la maîtrise de sa vie c'est posséder un socle d'énergie, une force. Il y a tant à faire pour changer ces représentations que nous avons absorbées à notre « corps – cœur et cerveau – défendant ». Tant de femmes n'osent pas. Elles se dévalorisent et se pensent incapables, pas à la hauteur. Un sujet inépuisable qui nous amène à réfléchir et débattre parfois avec passion sur les conséquences de la loi du plus fort. Lourdes et graves, elles le sont tant pour les femmes que les hommes.

Soleil se nourrit de nos échanges pour construire les émissions de radio qu'elle anime depuis plusieurs années maintenant, en plus de son travail de direction des entreprises qu'ils ont rachetées ensemble avec Pierre. Cela m'amuse de remettre un peu de radio dans ma vie à travers elle.

Nos expériences différentes avec nos hommes, nos quinze ans d'écart stimulent et bousculent nos visions des choses. Que l'égalité hommes-femmes soit encore un sujet nous impatiente.

Nous savons bien que chacun parle à partir d'un endroit intérieur en lien avec son histoire personnelle. Ceux et celles qui en ont la conscience sont plus mesurés et distanciés dans leur propos. Parfois, cet intime émerge, par hasard, comme cette fois où Soleil eut une colère. Sa violence me surprit, même si elle était saine. J'avais oublié cet endroit intérieur, racine de sa construction d'adulte, d'où Soleil pouvait parler.

Pour défendre son point de vue lors d'une de nos discussions sur le choix qui s'offrait à tous, à tout moment, elle prit appui sur son expérience de viol et les conséquences dans sa vie intime au quotidien. Ce fut l'unique fois et je compris mieux encore son exigence, sa vigilance et une certaine forme d'intransigeance. Elle avait fait un choix qui engageait chacune de ses cellules. Assumer sa vie, faire avec et vouloir le meilleur en osant ses rêves.

Nous étions allées passer quelques jours en Normandie, pendant le mois de février, dans la maison que je venais d'acheter.

— Que dis-tu ?

— Tu ne peux pas comprendre, tu ne sais pas ce que c'est que de se battre « avec » son corps quand tu es dans les bras de l'homme que tu aimes.

— Se battre, encore se battre tu n'as pas d'autres termes

— Écoute-moi, Esperanza, je choisis mes mots, je dis « avec » et non « contre ».

— Je t'écoute attentivement… Se battre « avec »…

— Chacune de mes cellules porte la mémoire de ces intrusions nocturnes, de cet irrespect de l'intime, l'inceste. Pour résister enfant, j'avais mis en place une stratégie : faire semblant de dormir. J'y suis parvenue à un tel point que je ne sentais rien, n'entendais rien, tu comprends, et ne me souvenais plus de rien…

— … Incroyable… !

— Croyant me sauver, j'ai laissé pénétrer en moi ce mal être de mon père dont mes cellules ne voulaient pas. M'étant absentée de moi-même pour survivre, j'ai laissé la porte ouverte à la folie.

— Tu as fait ce que tu as pu… Tu étais une enfant !

— Compliqué de construire une vie sexuelle avec ça… C'est inscrit en toi, gravé, tissé dans chaque cellule que tu le veuilles ou non.

— C'est là, tapi, prêt à surgir quand tu ne t'y attends pas et à envahir ta vie.

— Oui exactement

— …

— Prendre de la hauteur c'est une vraie bataille avec soi-même, car c'est un choix, un engagement pour…

— … en sortir…

— Vivre autre chose.

— Oui, ton futur !

Après un silence, elle reprit :

— Se décentrer de soi, de sa douleur…

— De ce passif qui te colle au passé.

— C'est ça.

Puis, alors que je poursuivais la conversation, centrée sur elle, elle élargit notre réflexion au monde avant de revenir à son histoire intime.

— Il te faut du temps, c'est tout un chemin de vie, dis-je.

— Comme des millions de femmes, d'enfants et même d'hommes dans le monde.

— Oui, on a beau le savoir mais quand tu mets des prénoms sur ces femmes, ces enfants ou ces hommes c'est plus…

Elle me coupa, violente.

— Quand tu vis cela enfant, tu cherches, tu es sérieuse puisque l'insouciance de l'enfance tu ne la connais pas, tu n'y as pas le droit. Tu es plongée direct dans le malheur des adultes, la jalousie de ta mère, les mensonges de ton père, tu peux faire quoi avec ça ! ?

Soleil avait presque crié.

Je lui pris la main et lui fis signe de respirer en posant mon autre main sur son sternum. J'ai fermé les yeux un moment. Et nous sommes restées sans bouger, centrées sur nos respirations.

Ma maison est proche de la mer. Nous avons enfilé un ciré, un chapeau et des bottes, une petite bruine tombait et nous sommes sorties marcher. Il n'y avait personne sur la route conduisant à la plage. L'hiver, les gens du pays n'y vont pas. Si jamais une voiture s'égare, on l'entend arriver de loin. Il ne reste plus qu'à s'écarter. Aucune maison, seulement la lande, puis quand le bruit des vagues se rapproche… des dunes.

Après quelques pas en silence, elle s'excusa de ramener le débat à sa propre histoire puis reprit :

— Laisser ton corps accueillir l'homme que tu aimes.

— Veux-tu me dire que c'est là le combat ou l'exigence ?

Soleil déroulait sa pensée sans m'entendre.

— Que tes cellules s'ouvrent à son amour, son don pour toi.

— …

— Parfois mon corps se bloque sans que je comprenne pourquoi et pourtant mon cœur et mon esprit sont ouverts à mon homme. Ce corps qui décide de faire ce qu'il veut…

— …

— Un jour, j'ai choisi de dire à Pierre : « ce foutu corps fait des siennes, tu n'y es pour rien ».

— Tu es sacrement courageuse… Tu m'impressionnes !

— Sa réponse m'a libérée : « ce n'est pas un foutu corps, c'est ton corps, respecte-le, ce n'est pas grave, ça va passer, laisse-le répondre à son rythme ». Il n'a posé aucune question. Cela nous a rapprochés encore plus intimement, c'est même étonnant.

Des larmes m'envahirent, c'était fort d'humanité ce qu'il y avait sous ses mots.

— Tu m'émeus… C'est si beau deux personnes qui s'aiment profondément comme elles sont.

— J'ai appris, encore un choix, à accueillir ces images, toutes celles qui reviennent inopinément et s'imposent. Maintenant elles glissent dans mon ciel intérieur, elles font partie de mon ADN. Depuis que j'ai parlé à Pierre, elles sont moins fréquentes.

— Tu as raison de ne pas les partager. La sexualité est si complexe. Je crains toujours les voyeurs embusqués.

— Je ne suis pas réduite à l'inceste, je vis avec.

— Tu fais bien d'insister, tu n'es pas que cela.

— Je découvre et vis avec Pierre une si belle histoire d'amour. Je garde par-devers moi mes pensées fugaces pour ne pas l'envahir comme il ne m'envahit pas avec sa propre histoire.

— Oser un avenir, son futur… C'est choisir d'accueillir le passé et d'en sortir pour vivre au présent comme tu l'as fait dans l'échange avec Pierre que tu viens de me raconter.

— Oui c'est ça, même si cela semble contradictoire

— Tout un chemin à découvrir et à vivre !

— Le temps… Du temps… Plus ou moins long pour chacun.

Soleil s'est tu. Nous marchions bras dessus, bras dessous et j'ai serré son bras un peu plus contre moi, sans ajouter un mot. J'ai calqué ma respiration sur le bruit régulier des vagues, senti l'air humide sur mon visage et écouté le crissement de nos pas dans le sable.

Notre amitié a permis à Soleil de s'exprimer, d'exposer ce combat intime. Elle vient, aussi, de me donner une sacrée leçon d'authenticité. Nous avons marché longtemps, longtemps silencieuses et paisibles… Chacune dans nos pensées.

J'admire sa force et son courage d'oser cette vérité devant Pierre. Je comprends son engagement radical, elle se bat pour un « nous », en assumant son « je » sans le faire déborder. Rares sont les personnes qui portent cette qualité d'engagement dans une relation.

Cerise est inspirée de cette belle personne, Soleil. Lecteurs vous ne vous êtes pas trompés, le livre ne pouvait être qu'un succès.

La vie revient

Le lendemain de cette soirée inoubliable dans ce qu'elle a posé et renforcé de mon identité d'écrivain, encore plongée dans mes impressions de la veille je cherche sur le panneau d'affichage le numéro de quai pour ma correspondance. La gare de Bordeaux est encombrée, les vacanciers partent retrouver leurs chères études ou leur job. Dans cette cohue, je me fraye un passage avec peine. Contrairement à tous, j'ai simplement un petit sac de voyage sur l'épaule contenant mes affaires pour une nuit. Je suis projetée sur un homme qui me rattrape avec une vigueur dont je n'ai plus l'habitude. Son odeur agréable m'étourdit quelques secondes, je savoure et m'abandonne plus que nécessaire. Une belle voix moqueuse me dit : « c'est moi le malade, regardez ma béquille ! ». Je m'écarte, me confond en excuses et la même voix de répondre : « Jolie madame n'en faites pas trop, je sais que vous avez apprécié ! ». Net et efficace. Démasquée, je prends le parti d'en rire et mon inconnu aussi. Nous rions à gorge déployée, seuls au monde. Je saisis son bagage et lui propose de l'accompagner à son wagon. « Avec plaisir, je serai plus à l'aise dans cette foule, avec ma patte. ». Je n'ai pas regardé sa jambe, ce n'est plus le moment de s'étendre sur le sujet, il ne faut pas rater le train. Nos mains se frôlent, une décharge électrique, un désir partagé et assumé, une sensualité réveillée. Je me sens vivante ! ! !

— Où allez-vous ?

— Paris.

— Dans quelle voiture êtes-vous ?

— La 15.

— Moi aussi !

J'ai un peu peur tout à coup, c'est si soudain. La vie, quand elle revient, ne prévient pas. Pas question de la rater. Et nous avançons silencieux, pris dans nos pensées.

Malgré la densité de la foule, les voyageurs debout et les bagages qui envahissent le couloir, nous arrivons à trouver nos places ; nous nous retrouvons face à face. Le voyage est un jeu de séduction, de désir qui monte entre des adultes complices et ravis de jouer. C'est une joie de retrouver ma sensualité après ces dernières années de diète ! La vie revient ! Je suis tellement heureuse que j'ai envie de le crier à tout le wagon. Je retrouve des sensations de mes 20… 30… 40… 50 ans… J'émerge d'un long endormissement. Pour vibrer de cette façon, il faut être deux. J'étais seule depuis plus longtemps que l'arrêt de mon couple. Pour diverses raisons, qui tiennent de moi et de ma situation, je n'ai pas rencontré d'hommes qui m'aient donné envie de partager mon intimité. Par peur de laisser la vie bousculer un ordre établi ? Par des préoccupations du quotidien qui m'enferment coupant court à toutes opportunités ? Par assoupissement puis résignation ? Un peu tout cela et d'autres choses encore que je ne sais nommer. Vos confidences, lecteurs, m'ont révélé la banalité de cette situation. Les corps qui ne vivent et ne vibrent plus, contrairement à ce que nous disent les médias, sont nombreux, très nombreux, trop nombreux !

La tension est palpable entre nous. Nous rions d'un rien. Il me regarde en souriant longuement, je ne suis pas très à l'aise au début. Impossible de parler, sauf de banalités, vu le monde. De plus, cela risquerait d'éteindre l'étincelle or nous voulons le feu. Une évidence. Alors, je me laisse embarquer dans ce jeu de séduction silencieux. J'oublie mes inquiétudes de jeune fille que je ne suis plus depuis longtemps. Je profite et déguste ce voyage imprévu. Cela fait tellement de bien d'être vivante et d'attendre ! Oui d'être freinés tous les deux pour vivre la suite. Je ne sais même pas quel est son prénom. Pris par notre trouble, la foule et l'urgence de ne pas rater le train, nous ne nous sommes pas présentés. Et maintenant, le faire en public gâcherait cette magie attractive et intime connue de nous seuls. Quand Paris s'annonce par la voix du contrôleur, face à face nous nous sourions. Laissant descendre l'ensemble des voyageurs du wagon, nous sommes prêts l'un pour l'autre et le savons. Mais quand ?

— Je m'appelle Louis et toi ?

Ce tutoiement me surprend même s'il sonne agréablement à mes oreilles. Il rompt une forme d'enchantement.

— Esperanza

— Joli et original. Tu as encore des vacances ou tu reprends ton boulot demain ?

— Je ne reprends pas tout de suite.

Je ne peux pas lui dire que je suis à la retraite. Il me pense plus jeune que je ne suis. Il doit avoir cinquante-cinq ans ? Oh non je ne vais pas devenir une cougar… !

En écrivant ce passage, je me dis que tout était là pour rater une opportunité de vie. Une femme qui se laisse envahir par des questions dérisoires vu la situation. L'attraction n'est pas une question d'âge, elle vient de le vivre. Elle n'a pas à tout dire tout de suite et ses peurs sont compréhensibles.

— Je pars dans deux jours passer le week-end dans une petite maison de famille que j'ai récupérée. Je dois voir des ouvriers. Comme elle est sur une île, tout est plus compliqué. Ne t'inquiète pas tu auras ta chambre. Nous ferons connaissance. Dis oui !

— …

— Dis oui, juste ce mot : oui !

— … Oui

Son insistance me trouble agréablement.

— Rendez-vous à la gare Montparnasse, je m'occupe des billets. Tu prends un gros pull, des bottes, un ciré et un maillot de bain, si tu aimes l'eau froide. Direction Granville, départ 16 h 43, vendredi. On se retrouve à 16 h - 16 h 10 à l'entrée du quai ça te va ? On dormira à l'hôtel, car le bateau pour Chausey appareille tôt le lendemain matin. Je m'occupe de réserver les chambres.

Louis s'est mis à me parler comme un agent des renseignements de la SNCF. Il ne doit pas être si à l'aise que ça.

Ce n'est ni sage ni prudent, je ne le connais pas. Et pourtant je veux le retrouver à la gare Montparnasse, dans deux jours. L'envie d'être femme, de vivre, de vibrer… Et si je me trompe complètement, ce n'est pas grave… Je suis prête à vivre… À oser vivre !

Nous nous saluons, sans nous embrasser, la magie de l'attraction est en train de retomber. Comme si le carrosse redevenait citrouille. Mon prince charmant sourit, ses yeux pétillent, la situation l'amuse. Et moi je pars en direction du métro, sans lui demander quoique ce soit. Troublée par ce qui vient de se passer, surprise par moi-même et un peu inquiète de ce que j'ai accepté.

En entrant dans l'immeuble, je croise Bastien devant les boîtes à lettre, il semble pressé :

— Esperanza je voulais te voir. Les nouvelles sont bonnes. On a dépassé les mille exemplaires. Il faut fêter ça ! Comment ça s'est passé à Arcachon, tu en reviens ?

— Mille ? Vraiment mille exemplaires ?

— Oui, j'ai eu les chiffres ce matin et on fait un retirage !

— Combien ?

— J'attends d'autres chiffres.

— …

— Tu ne dis rien ?

— C'est trop fort… je n'ai pas les mots.

— Je dois aller chercher les enfants chez ma mère et je suis en retard. Je suis vraiment ravi de ces bonnes nouvelles. J'ai bien fait d'écouter mon intuition en te choisissant. Je t'appelle demain.

Quelle journée ! Je le sais pourtant, quand la vie revient, elle bouillonne de partout. Émotionnellement faut assurer. Je ne suis pas au bout de mes surprises. En prenant le courrier, une grosse enveloppe, je reconnais l'adresse du notaire.

Je ne vous l'ai pas encore dit, lecteur, mais quand je me suis fait planter par mon ex, cette fameuse soirée du 31 décembre, il y a maintenant bientôt cinq ans, mes parents venaient de décéder quelques mois plus tôt. Sale période : décès de mes parents, départ de mon compagnon. Un mauvais cycle. C'est ainsi et on n'y peut pas grand-chose.

Ils sont morts pratiquement en même temps dans un accident de voiture. Mon père, quatre-vingt-sept ans, refusait d'arrêter de conduire. Il disait que c'était sa joie et sa liberté, inconscient ou dans le déni des conséquences possibles sur les autres. Ma mère soupirait puis montait dans la voiture en disant : « Il faut bien mourir de quelque chose ! ». Il a perdu le contrôle de son véhicule et a heurté un arbre. Lui mourut sur le coup. Elle lui survécut quarante-huit heures sans avoir repris connaissance. L'annonce fut brutale. Je ne m'étais pas préparée à leur mort contrairement à mon frère, Paul. Vivant au Canada depuis deux décennies, il avait quitté nos parents sachant qu'il les reverrait peu. Mes parents ? Des gens sans histoire qui avaient le sens du bonheur. Nous avons vécu, avec Paul, une enfance banalement heureuse. À l'âge adulte malgré les distances, notre lien familial resta solide et riche en amour partagé, eux en province, Paul au Canada avec sa famille et moi à Paris avec la mienne. Leur mort fut une douleur paisible, j'avais reçu tant d'amour de leur part.

Les papiers gérés par mon père n'étaient absolument pas en ordre. Mon frère ne pouvant venir en France régulièrement, vu la distance, nous nous appelions fréquemment sur Skype. Pouvoir échanger sur des difficultés rencontrées, même si je devais réaliser les différentes tâches, m'a énormément aidée. Son recul, son regard sur la législation française qu'il avait peu à peu oubliée, vivant au Québec depuis si longtemps, furent un soutien. Nous avons ri, j'ai pleuré souvent confondant le deuil de mes parents avec le deuil de ma vie de couple. Paul m'aida à gérer mes priorités lors de la découverte de l'imbroglio incroyable dont mon père ne nous avait jamais parlé. Mon frère faisait sa part en me soutenant indéfectiblement, cherchant toujours à trouver la solution la plus simple pour moi avec une exigence : que j'en fasse le moins possible. Il prépara ou corrigea les courriers et fit tout ce qu'il put : les recherches pour le déménageur, les chiffonniers débarrassant les vieilleries dont nous ne voulions ni l'un ni l'autre, les appels au notaire, aux agents immobiliers. Rosalie, ma chère amie, louait, une fois encore, la qualité de nos relations fraternelles. « Ce que tu me racontes me répare. Oui… me répare… Ce à quoi j'aspire depuis toujours existe, je ne me suis pas trompée, c'est possible… Mais ce n'est pas pour moi dans cette vie, ce n'est pas mon karma. »

Pour compliquer les choses, mon père avait hérité, un an avant sa mort, d'une nièce célibataire sans enfants, sa filleule, la fille de son frère, décédé lui aussi dans un accident, il y a dix ans. Il avait accepté l'héritage sans avoir finalisé les documents. Le notaire, assez inexistant, prit tout son temps pour démêler l'imbroglio juridique et retarda la mise en vente de la maison. Sa lenteur à débrouiller tout ce méli-mélo nous avait agacés au départ. Aujourd'hui, cinq ans après, je recevais un dossier du notaire indiquant les montants définitifs que nous allions recevoir, d'ici un mois, tous les fonds étant en sa possession. La somme était importante : cinq-cent-vingt-et-un-mille-trois-cent-cinquante-quatre euros (521 354 €) chacun, impôts payés. Je ne comptais pas sur cet argent, je l'avais même presque oublié. Cela peut sembler incroyable, mais c'est vrai. Il représentait pour nous un travail administratif si fastidieux. À chaque fois que nous pensions le dossier complet, un nouveau document manquait même si je finissais toujours par le dénicher avec le temps. Paul et moi n'attendions plus rien : « On vit très bien sans, alors pas de zèle sœurette, on verra ce qui tombera ou pas. ». Répondant ponctuellement aux demandes du notaire sans plus jamais le relancer, j'avais mis cela de côté et fini par l'oublier, c'était si long.

Paul m'avait incitée à ne compter sur rien dans l'immédiat et il avait eu bien raison. Ma priorité : bâtir ma nouvelle vie d'abord. Agir, ébranler l'environnement pour qu'il se mette en marche. C'était fait, il me répondait depuis deux ans en m'offrant des opportunités incroyables que je saisissais. Je m'investissais, faisais de mon mieux, gardais mon cap… Je n'avais plus peur de la vie, je vivais… et ce n'était qu'un début.

C'était tombé ! Aujourd'hui ! Des « sous » pour accélérer le mouvement de ce qui avait démarré. Je vous disais plus haut que quand la vie revient elle s'engouffre partout. Cette bonne nouvelle tombait à point. Avec ma retraite, j'allais pouvoir vivre sans inquiétude, car j'aurai enfin un toit à moi. Je serai même à l'aise financièrement.

Une journée bien singulière vous dis-je !

J'ouvre mon ordinateur pour trouver un mail de Martin. Ses vacances parisiennes avec sa Coréenne furent un fiasco. Elle se révéla capricieuse. Je ne sais pas pourquoi, mais cette nouvelle me met en joie. Soyons honnête, cela me fait plaisir d'avoir raison sur ce sujet. Je suis contente que la Coréenne ait révélé son vrai visage à Martin…

En me couchant, la promesse de partir dans deux jours avec Louis me revient… D'un naturel curieux, j'ai envie de découvrir la suite. Une aventure ? Le début d'une amitié ou plus ?

Deux jours ça passe vite surtout quand on rentre de son voyage vers 18 h chez soi et que le rendez-vous du deuxième jour est à 16 h 10. Il reste un jour et demi. Pas simple de choisir ses habits pour deux jours ou plus, sans rien connaître. La durée prévue de ce séjour m'est inconnue même s'il a parlé de week-end. Je ne sais pourquoi, je ne le crois pas sur la durée de mon séjour. Je me prépare comme une jeune épousée pour ses noces : nouvelle lingerie, peau lisse et soyeuse, ongles vernis… La vie revient et j'adore ! Je cours, je suis fébrile et j'en oublie mon roman.

Même si je retrouve mes réflexes de jeune femme qui veut plaire, une peur sourde monte. Je ne me sens pas à l'aise avec mon corps de la soixantaine. Le côté midinette revient. Impossible de se projeter avec ce corps nu devant un homme inconnu. Trop tard, j'ai osé et c'est parti. Même si on me dit bien conservée – et c'est tout dire ! – toutes mes imperfections ressurgissent : des seins trop lourds, un ventre plat mais plus assez musclé, des bras en ailes de chauve-souris, une peau plus flasque, tachée de marques brunes que je trouvais jolies sur les mains de ma grand-mère, mais pas pour rencontrer un amoureux dans un lit. C'est absurde, il a bien vu mon âge ! Mais dans ma tête c'est la jeunesse qui s'exprime et pas l'âge mûr ! ! ! En écrivant cela, une statue forte et émouvante de Camille Claudel me revient : l'Âge mûr nommé aussi La Destinée ou Le Chemin de la vie ou encore La Fatalité… Tout est dit.

La première fois que j'ai découvert les œuvres de Camille Claudel, lors d'une exposition au musée Rodin, à l'âge de vingt-cinq ans, j'ai eu envie de voler la seule sculpture en onyx et bronze : « La Vague ». Ce sentiment de vouloir posséder m'a surprise, il ne s'est jamais reproduit depuis et je ne le connaissais pas avant. J'ai encore dans la tête mes pensées du moment : « les proportions sont parfaites pour aller sur la commode de ma chambre. Je dois pouvoir la mettre dans mon grand sac, je la veux, elle me touche tant ! ». Heureusement la sagesse a repris le dessus et c'est dans le catalogue de l'exposition, puis sur Internet aujourd'hui que je la contemple régulièrement en quelques clics. À chaque fois la même émotion provoquée par la vague verte, énorme… et le visage de ces trois baigneuses, en quête de quelque chose… mais quoi ?

En relisant ce paragraphe, avant de remettre ce dernier livre à l'éditeur, je fais un lien entre mon rêve à la vague rouge et cette statue qui me touche depuis la première fois que je l'ai vue… L'écriture m'apprend tant sur moi-même. Je suis troublée par ce lien, fait des années après.

L'échange téléphonique avec Bastien confirme les ventes et le retirage à mille exemplaires… Il m'évoque de nouveaux voyages en province pour des signatures dans des salons du livre ou des librairies. Ce nouveau futur me plaît. Une vie sociale pointe à l'horizon, mais pas trop, je veux du temps pour écrire, c'est un besoin maintenant. La solitude devant l'ordinateur, découvrir ce qui va sortir, oser aller jusqu'au bout de l'idée même si au début elle fait peur, découvrir les personnages… Une aventure créative dont je ne peux me passer.

Un coup de folie de la vie

Pour débuter ce chapitre, vous me trouvez, lecteurs, à nouveau dans une gare. Chaussures de toile, jean blanc et pull bleu Nattier en coton épais, un sac de voyage à l'épaule, je me dirige vers l'entrée du quai n° 6, où se trouve le train partant pour Granville. Mon cœur bat la chamade, pensées et émotions les plus contradictoires s'enchaînent : peur de l'inconnu, excitation de l'aventure, joie de retrouver le désir…

Mes cinq minutes d'avance prolongent ce moment délicieux de l'attente. Pas de Louis à l'horizon, première au rendez-vous, je pose mon sac au sol. J'entends une voix derrière moi :

— Vous êtes venue ! Je n'y croyais plus.

— (Tiens il me vouvoie aujourd'hui !) On avait dit 16 h 10, je suis même en avance !

Surprise par ma réactivité je me découvre plus stressée que je ne me l'avoue !

— Je n'avais pas vos coordonnées et j'ai pensé : elle ne viendra pas. Je me suis reproché de ne pas avoir échangé nos noms et numéros de téléphone, sur le quai.

Louis parle avec calme et sincérité et moi « pique pique », presque sur la défensive.

— Tout se termine bien, je suis là, vous êtes là et nous partons pour… ? ? ?

— Voici nos billets de train pour Granville, nous prendrons ceux de la traversée vers l'île de Chausey demain, avant notre départ. Nous dormons à l'hôtel ce soir, impossible de faire autrement, les horaires train et vedette ne sont pas compatibles sur une même journée. Il donne sur le port, près de l'embarquement. Vous connaissez Chausey ?

— De nom…

— L'hôtel est correct et le restaurant, où nous dînerons ce soir, fréquenté surtout par les gens du coin. Les touristes y sont rares. Je m'y arrête à chaque fois et j'y suis bien accueilli. Embarquement à 9 h demain matin.»

Cette façon de parler, tel un catalogue de voyage, ne ressemble pas à Louis. Serait-il, lui aussi, un peu crispé. Une pensée (ou un espoir !) me traverse l'esprit. Combien de chambres a-t-il réservées à l'hôtel ? Une ou deux ? Il avait dit «les chambres» sur le quai il y a deux jours. La légère tension que je perçois chez Louis m'incite à penser qu'il en a pris deux. Ce suspense, qui n'en n'est pas vraiment un, m'amuse.

En écrivant cette scène, je mesure les évolutions de la société : les billets de train à la main, la queue à Granville pour l'achat de la traversée vers les îles. Aujourd'hui tout se fait par Internet. Les billets seraient dans nos téléphones. Sur le quai de la gare, à l'arrivée à Paris nous aurions «liké» nos profils Facebook ou fait un «selfie» posté sur Instagram et aurions échangé par Messenger durant les deux jours précédant nos retrouvailles sur ce quai. J'aurai sûrement « googlisé » Louis et visité son profil sur LinkedIn. Avant notre départ, j'aurai su à qui j'avais à faire. Cela ne s'est pas passé comme cela, je suis partie vers l'inconnu et Louis aussi. Est-ce mieux ou moins bien ? Impossible à écrire. Certains d'entre vous se disent peut-être : « quelle inconscience, quelle imprudence de partir ainsi avec un inconnu ! ». D'autres admirent ma liberté et mon goût de l'aventure, en souhaitant secrètement vivre quelque chose de semblable. Chacun lit son récit, mêlant une histoire, son histoire, à l'histoire.

Louis attrape mon bagage, il marche normalement.

— Vous n'avez plus votre béquille ?

— Je l'avais gardée pour mon déplacement à Arcachon par précaution mais je n'en ai plus besoin. Un problème de genou, les ligaments croisés. Nous devons monter voiture 7. On y va !

Nous nous dirigeons vers le wagon en silence. Nous ne sommes ni proches ni distants, j'éprouve une drôle de sensation. Assis l'un en face de l'autre nous voici intimidés ne sachant quoi nous dire après ce flirt muet qui nous avait fait basculer en apesanteur. Chacun a repris son quant-à-soi et son éducation.

— Que préférez-vous, on fait connaissance maintenant ou à l'arrivée ? », j'ai parlé la première, toujours un peu incisive.

— On se tutoie ce sera plus simple.

— D'accord

Nous passerons le voyage à partager des bouts de nos vies respectives. Louis se montre très prévenant. Il s'exprime peu sur sa vie personnelle. Par contre il est intarissable sur sa maison de Chausey. Comment est-elle arrivée dans sa famille il y a plus de cinquante ans, pourquoi il a souhaité la garder contre l'avis de ses frères et sœurs à la mort de ses parents. Il me décrit les travaux passés et ceux en cours… Il appartient au conseil des propriétaires de l'île, un cercle très fermé qui adoube les nouveaux et s'oppose à la vente des maisons à des « étrangers » … Cette maison est sa passion !

Biologiste, Louis travaille dans la recherche et montre bien qu'il n'a pas envie d'en parler… Voyageant régulièrement à travers la planète pour son job, il n'a pas d'enfant, pas de femme et n'en dit pas plus… Je n'insiste pas, même si connaître l'objet de ses recherches m'intéresse.

Son peu d'empressement à parler de lui ne me perturbe pas. Je le prends comme il est. La soixantaine aide à aller à l'essentiel. Le temps passe vite. Profiter de l'instant présent devient plus instinctif. La situation est plutôt agréable, même si elle génère un peu d'inconfort. Toute à ma curiosité de découvrir comment nous allons nous en sortir, ma tension intérieure diminue.

Louis s'intéresse davantage à mon avenir d'écrivain qu'à mon passé à la radio. J'apprécie. Curieux de comprendre le chemin qui m'a conduite à l'écriture, ses nombreuses questions me déconcertent. M'absentant momentanément de la conversation je les laisse cheminer et reviens dans la relation sans forcer mes réponses, la durée du trajet m'en laisse la possibilité, il n'y a pas d'urgence à répondre.

Aussi profonds soient nos échanges, ils ne parviennent pas à masquer une légère gêne. Nous devrons nous redécouvrir pour nous séduire. La magie d'une attraction spontanée qui nous a conduits dans un même train en direction de Granville, n'opère plus. Nous sommes là, nous le savons bien, mus par un désir animal qui a bousculé notre cogito. Ce qui s'est fait naturellement ne se fait plus. De l'inconfort se glisse dans les silences.

Je me fais intérieurement une promesse, puis une autre, et encore... Accepter le charme rompu de notre première rencontre. Ne pas chercher à retrouver la sensualité dans laquelle nous a projeté ce flirt qui n'est plus. Profiter de cette parenthèse inattendue, secrète dont mes proches ne sont pas informés. Découvrir Louis et son archipel.

Un soleil de fin d'après-midi nous accueille à Granville.

— Tu as envie de marcher ? Le port est à une bonne demi-heure à pied, cette promenade nous dégourdira qu'en penses-tu ?

— Ok mais tu me laisses porter mon sac.

— Comme tu veux.

La marche est une bonne idée, elle créc une rupture physique entre nous après la proximité du train. Louis me précède sur le trottoir, je le suis pour ne pas gêner les autres piétons. Nous n'avons pas à parler et cela me va bien. J'ai besoin de me retrouver pour me réajuster à la nouvelle situation.

Le rêve disparaît face à la réalité. L'atterrissage n'est pas brutal, je me prépare intérieurement à évoluer pour profiter de cette situation dans le meilleur de ce qu'elle m'apporte. J'ai déjà partagé le quotidien d'un homme inconnu durant trois semaines, l'été dernier. Une amitié s'est construite peu à peu, elle se poursuit aujourd'hui à travers nos échanges de mails très réguliers. Il s'agit maintenant de revivre quelque chose du même ordre, après une histoire qui a commencé différemment.

Arrivés à l'hôtel, il a bien réservé deux chambres ! Nous y déposons nos bagages et descendons dîner aussitôt.

Le repas est agréable, plus d'attente ni d'appréhension. Je me sens plus légère et présente. Louis s'est-il fait la même réflexion, je n'en ai aucune idée. Devant nos assiettes de crabe, que nous décortiquons avec patience, nous nous intéressons l'un à l'autre de façon plus libre et faisons réellement connaissance. Sa conversation est intéressante et j'ai plaisir à échanger avec lui maintenant que l'ambiguïté est levée de mon côté.

Après une nuit calme, nous nous retrouvons le matin dans la salle à manger pour le petit-déjeuner. Très organisé, Louis est passé à la boulangerie prendre le pain qu'il avait commandé et a acheté quelques légumes et fruits au passage; c'est le jour du marché. Chacun de nous semble avoir retrouvé calme intérieur et tranquillité d'être.

Nous petit-déjeunons l'un en face de l'autre sans beaucoup parler. Cela me va bien, plus d'authenticité. En réglant l'hôtel, j'en profite pour lui rembourser le billet de train. Tout se simplifie entre nous. Je ne sais pourquoi je ne lui ai pas posé la question la veille dans le train. Louis ne m'a rien demandé non plus. J'étais sans doute trop occupée à guetter les vibrations de la séduction et du désir. Ou bien dans un trip de prince charmant m'emmenant sur son cheval blanc !

Des vacanciers s'agglutinent sur le quai et nous laissent, avec difficulté, embarquer par la passerelle. La navette appareille enfin, et nous voici sur l'eau. Le soleil, la mer, l'air qui glisse sur le visage, le ronronnement du moteur, l'odeur de gasoil et le bruit des vagues… La traversée dure une heure et j'en profite, appuyée au bastingage à l'avant. Je suis dans une sorte d'ivresse.

Nous débarquons sur l'île principale entourée de petits îlots rocailleux d'où le nom d'archipel de Chausey. À pied – les voitures sont interdites – sur un chemin de terre qui grimpe légèrement, nous dépassons quelques personnes tirant à la main des petites charrettes chargées de leurs affaires. Louis porte un sac sur le dos et les provisions dans un cabas à la main. J'ai transformé mon sac de voyage en sac à dos. Le calme règne après l'agitation de l'embarcadère. Une maison blanche aux volets vert foncé surplombe l'entrée du port et nous attend. La vue superbe découverte à l'arrivée réjouit toutes les cellules de mon corps, des pieds à la tête en passant par le cœur. La marée descend et découvre peu à peu une multitude de rochers dont certains portent des piquets de couleur jaune et noir, surmontés de cônes noirs. Louis m'explique que ce sont des balises cardinales qui signalent aux bateaux les rochers quand la mer les recouvre. Une grande salle de séjour et la cuisine occupent le rez-de-chaussée. À l'étage trois chambres, chacune possédant un coin lavabo, une salle de bain et w.c. communs.

Louis m'invite à faire comme chez moi et à m'installer dans la chambre qu'il m'a attribuée. Il s'occupera du déjeuner et me donne quartier libre jusqu'à 13 h. Il précise : « Pas la peine de fermer à clé si tu sors ». Cela me va bien. Il a envie de vaquer tranquille à ses affaires.

En relisant ce paragraphe à haute voix, toujours avant de le remettre à l'éditeur, je lis : « Pas la peine de fermer à clé si tu dors » et je ris de mon lapsus.

Ma chambre donne sur l'entrée du port. Posant l'ordinateur sur la table située devant la fenêtre, j'aperçois la mer au deuxième plan et regarde les quelques bateaux à voile ou à moteur se croiser au loin. Telle une vigie, hissée en haut du mat, je guette. Cet endroit merveilleux invite à la contemplation ; une bonne transition avant de replonger dans « Le sorcier amoureux », mon deuxième roman.

Je n'ai pas écrit une ligne depuis que j'ai retrouvé mes enfants en Bretagne, il y a environ un mois. Relire ses écrits après quelques semaines apporte toujours un plus. L'œil est neuf et le texte aussi. Je découvre l'histoire de Charles, âgé de quatre-vingt-cinq ans, tombé amoureux d'une femme de son âge, Antoinette. Ils se sont rencontrés à la médiathèque, puis aux conférences de l'université du troisième âge. Veuf depuis quelques années, il habite toujours la maison familiale qu'il avait, en tant qu'architecte, totalement restaurée et aménagée à son goût et celui de son épouse. Antoinette, divorcée de son mari il y a plus de trente ans, ne s'est jamais remariée. Elle vit, elle aussi, dans l'appartement qui a vu grandir ses enfants. Agrégée de lettre, helléniste réputée, Antoinette, depuis sa retraite de professeur, parcourt le bassin méditerranéen. Les responsables de différents colloques l'invitent, sa présence attirant du monde. Pourtant, elle se suffit à elle-même et chérit sa solitude pour poursuivre ses recherches et la rédaction de livres. Publiant régulièrement des articles dans des revues, des essais, elle s'est même essayée à l'écriture d'un roman qui n'est pas encore publié. C'est en le lisant que Charles a compris qu'il était amoureux d'Antoinette et de ses beaux yeux bleus. Il aime son regard clair et si profond. Il trouvera un éditeur et un an plus tard, Antoinette sourira devant la vitrine d'une librairie, son livre est à la une.

Leurs habitations chargées de souvenirs les empêchent de se retrouver librement chez l'un ou chez l'autre. Ils auraient l'impression de commettre une infidélité aux absents. C'est incohérent quelque part mais c'est comme cela. Voulant garder leur autonomie le plus longtemps possible, ils se sont toujours promis de ne jamais habiter dans ces maisons mouroirs. Ils n'imaginaient pas tomber amoureux… à leur âge ! Ce choix d'autonomie et de liberté se retourne contre eux, quelques années plus tard. La situation semble bloquée.

Très alerte et en forme physique, Charles convainc Antoinette de déménager dans une résidence services pour personnes âgées. Ils prendront chacun un appartement, vivront côte à côte et se soutiendront dans cette dernière étape de vie.

Cette histoire m'émeut. Elle a jailli comme cela, au retour de la première séance de dédicaces en librairie, à Compiègne. J'ai aperçu dans la rue un couple de personnes âgées se soutenant l'une l'autre. Ils m'inspirèrent pour ce deuxième roman.

On peut avoir quatre-vingt-cinq ans et ne pas pouvoir faire ce que l'on veut. Antoinette choque ses enfants en exprimant sa volonté de quitter l'appartement familial. Ils ne la comprennent pas. Pourquoi changer alors que tout va bien ? Elle a la chance d'être autonome à son âge ! Aucun de ses enfants ne peut imaginer que Antoinette a un avenir à quatre-vingt-cinq ans et même un amoureux. Comment expliquer sa rencontre avec Charles et cette nouvelle vie qui apparaît. Tous la pensent sur la fin, sans projet et bien chanceuse de vivre encore chez elle. Or, elle se sent vivante comme elle ne l'a jamais été depuis bien longtemps. Elle compte pour un homme qui souhaite le meilleur pour elle. Elle en parlera à ses enfants quand elle aura déménagé. L'appartement est lourd à entretenir même si elle est aidée. Se simplifier la vie comme se serait bon, mais fatiguée par les années et lasse à l'avance de devoir s'investir dans ce changement, Antoinette n'agit pas, ne parle pas et se replie peu à peu.

Alors Charles, heureux de pouvoir se projeter, il a de l'énergie à revendre, effectue les démarches, pousse Antoinette à prendre la décision et à s'imposer devant ses enfants sans se justifier. Elle l'appelle, avec ce grand sourire qui illumine ses grands yeux : « mon sorcier amoureux ». Elle a toujours préféré les sorciers aux magiciens.

Une chance, ils atterrissent dans deux appartements situés au même étage, d'une résidence pour personnes âgées. À leur âge, ils veulent garder leurs habitudes, tout en profitant l'un de l'autre. Valides tous les deux, ils continuent à préparer leurs repas, s'invitent l'un chez l'autre à tour de rôle et n'utilisent, pour le moment, aucun des services de la résidence.

Chaque déménagement fut éprouvant. Il fallut trier, archiver, retrouver un passé alors qu'ils construisaient un avenir et, en même temps, échanger avec leurs enfants, très présents, sur ce qu'ils gardaient ou jetaient. Ce changement de lieu d'habitation les obligea à faire le deuil du passé en même temps que leurs enfants. Très égoïstement, ils avaient toujours pensé que cela ne les concernerait pas puisque leurs enfants se débrouilleraient de ces tris, après leur mort.

C'est en cela que Charles et Antoinette me touchent. Architectes de leur vie jusqu'au bout, ils s'en donnent les moyens en s'investissant sans s'économiser et réussissent, en se soutenant, à trouver l'énergie enfouie. Charles est le moteur qu'Antoinette accueille avec bonheur. Elle se laisse porter, ce qui ne lui est jamais arrivé dit-elle avec malice et tendresse en regardant son Charles amoureux.

La vie peut repartir à tout âge, quatre-vingt-cinq ans ou plus même. Le plus difficile est de faire face au regard des autres. Celui de leurs enfants stupéfaits ne les ménage pas ; il dit sans le dire : « Oh non, pas à leur âge ! ». Heureusement, la vieillesse a ses avantages : Charles et Antoinette ne voient pas ou oublient. L'énergie qui leur reste est orientée vers leur nouveau bonheur. Centrés sur leur essentiel, cet Amour qui nait, ils se préoccupent peu de leurs enfants dont certains sont en âge de prendre leur retraite. Ils les aiment bien sûr, mais désirent qu'ils vivent pleinement leur vie ; on en a qu'une ! À leur âge avancé, ils profitent avec gourmandise de celle qui leur est donnée et qu'ils se sont donnée. Leur chance : une bonne santé qui leur laisse l'autonomie.

Louis m'appelle, le déjeuner est prêt, je n'ai pas fait attention à l'heure. Durant ce premier repas il refuse mon aide, je suis son invitée. Il semble heureux de s'affairer en tant que maître de maison.

Le déjeuner est rapide, un voisin vient aider Louis dans ses travaux en début d'après-midi, il doit être disponible.

Avant de nous séparer pour cette demi-journée, Louis me glisse : «J'ai réservé ce soir dans un des deux restaurants de l'île.». Cela me surprend et en même temps, je nous voyais mal préparer le dîner ensemble, comme un vieux couple. Avant de m'enfermer toute l'après-midi avec Charles et Antoinette, je pars faire le tour de l'île à pied.

Le changement de notre relation ne m'empêche pas d'apprécier l'archipel et de découvrir son côté sauvage. Je ne croise personne après avoir quitté ce que j'appelle le village. L'île est tellement étroite que la mer est visible en permanence. Les maisons, de plus en plus espacées, laissent place à la végétation d'herbes folles. Au loin, des rochers épars à découvert. Demain je reviendrai à marée haute voir les changements du paysage, une autre facette.

L'effet nature est puissant, il lave mes pensées parasites et me recentre. Je termine le tour de l'île pensant que je vais devoir attendre avant de me retrouver dans un lit avec un homme et que ce n'est pas grave. J'ai une chance folle d'être ici, je ne vais pas la louper. Le lieu est inspirant pour mon deuxième roman et je vais en profiter pour bien l'avancer.

L'après-midi passe vite, assise devant mon ordinateur, en compagnie de Charles et Antoinette, mes nouveaux personnages, j'apprécie leur courage d'oser, leur sollicitude l'un pour l'autre et leur extrême solitude à deux. Vous le savez, lecteurs, ces histoires jaillissent, me surprennent et me conduisent à l'introspection… Qu'ai-je à apprendre de cette créativité ?

En fin de journée nouvelle marche dans l'île, ce lieu est un havre de paix. Impression étrange : j'ai la sensation de le connaître depuis longtemps.

Sans nous être concertés, nous nous retrouvons devant la maison, montons rapidement dans nos chambres respectives prendre un pull, à la nuit tombée il fera plus frais. Pour ne pas faire attendre Louis, je ne me remaquille pas. En écrivant cette phrase, je souris devant ces détails qui me reviennent avec tant de précision, dix ans plus tard.

La soirée se révèle délicieuse. Premier bonheur : le restaurant surplombe l'entrée du port et bénéficie d'une vue sans limites. La patronne nous accueille d'un bonsoir joyeux, une lueur amusée et étonnée dans les yeux en m'apercevant et lance un «j'ai gardé ta table, Louis… Pour l'apéritif comme d'habitude ?». Il y a peu de monde, quelques habitués semble-t-il. Pendant que nous nous installons, elle revient avec un plateau, pose une bouteille de cidre brut, deux verres et un bol de cacahuètes sur la table. La baie vitrée est ouverte ce qui donne l'impression d'être dehors. Après avoir trinqué à notre séjour, nous assistons silencieux au coucher du soleil sur l'archipel, chacun seul avec lui-même. Perdue dans ma contemplation méditation, je ne vois pas le temps passer. Je suis bien.

J'en ai presque oublié Louis qui me surprend :

— Qu'est-ce que ça fait du bien ! Tu ne trouves pas ?

J'ai du mal à parler, à revenir dans la relation… Je suis si bien dans mon silence.

— Ne te force pas, je comprends. Je passe des heures à cette table à chacun de mes séjours. Ça me plaît que tu profites. J'ai réservé deux homards, ils sont pêchés dans le coin, ça te va ?

Que cela m'aille ou non… ce n'est pas le sujet. Je hoche la tête et souris. Incapable de parler, je n'en ai pas envie. Une seule pensée me traverse : je ne savais pas que ce lieu existait mais c'est là que je voulais arriver. C'est fort et émouvant. La mer, l'immensité et les rochers… Quelques bateaux se balancent. Le ciel flamboyant s'assombrit peu à peu, les sons s'assourdissent. La paix du soir nous enveloppe. Je suis bien.

Les homards cuits au four interrompent cet instant magique… «Je mets les doigts, je suce tout, ce mélange de beurre noisette et de homard est un pur délice… ! Je t'invite à en faire autant.» me prévient Louis, gourmand. Le Pouilly-Fuissé coule dans les verres. Tout me semble un peu irréel. La table est simple, les mets sont d'exception. Nos grandes serviettes autour du cou, nous entamons nos homards en silence. Je lève les yeux, croise le regard de Louis et partons d'un grand éclat de rire. Est-ce l'alcool qui fait son effet ? L'impression d'être au bout du monde sur cette île enchantée ? Une complicité joyeuse s'installe et la proximité réapparaît dans notre relation.

En sortant du restaurant il fait nuit noire. L'air est doux en cette fin d'été. Dans un même mouvement, Louis me prend par les épaules pendant que je lui entoure la taille d'un de mes bras. Nous marchons serrés l'un contre l'autre en direction de la mer. Je sens son corps d'homme mûr, solide. Cette énergie me fait du bien. Nous sommes seuls, les lumières des maisons s'estompent, nos yeux s'habituent à l'obscurité. Nous n'échangeons pas un mot.

Je découvre son odeur, ses baisers sur mon front... C'est bon. J'avais presque oublié... Si longtemps déjà que je n'avais pas ressenti la chaleur du corps d'un homme, sa force, son énergie. Escaladant quelques rochers, nous nous installons face à la mer sous le ciel étoilé, c'est un peu cliché mais c'est la vérité. Besoin de s'embrasser, se caresser avant de retrouver la maison : simple, unique et magique. La chaleur de ses mains, la douceur de sa peau.

Nous rentrons tranquillement, libres de nos choix et heureux de les vivre. La chambre de Louis restera vide, cette nuit-là et les suivantes. Je passe une semaine incroyable avec cette impression délicieuse d'avoir plongé dans un étang glacé découvert au cours d'une randonnée en montagne en plein cagnard. L'ivresse de la communion à la nature mêlée à la peur de l'inconnu. De merveilleuses sensations, une détente si profonde que seule la relation charnelle peut offrir. Mon corps est vivant ! Il vibre, retrouve l'ivresse du désir et du plaisir. Plus de quatre ans d'abstinence... ! Oubliées mes peurs de dévoiler un corps de plus de soixante ans. Tranquille avec le sien, Louis donne un rythme inconnu de moi qui me plaît. Homme et femme libres, apaisés et vivants. Plus tard, il dira : « Plus on se connaît, mieux on fait l'amour et plus on a de plaisir. Je ne goûte pas les relations d'un soir ».

J'ose vous l'écrire non par impudeur mais en écho à vos confidences, lectrices et même lecteurs. Ce sujet fait partie des nombreux paradoxes de notre époque. Le sexe est libéré, la pression sociale exige la performance de l'orgasme à tout prix. Pourtant, l'absence de sexualité semble toujours aussi importante voire en augmentation si je me réfère à une amie sexologue, aux rares articles sur le sujet et à vos courriers. Tant de corps inanimés et condamnés au silence face à une sexualité exhibée : c'est violent et perturbant.

Certains sont heureux affectivement mais ne se retrouvent plus dans le partage d'une intimité au lit et cela leur va bien. Je suis triste d'écrire cela, cette réalité je l'ai aussi vécue. Je ne pouvais pas imaginer « coucher » ailleurs. Il était absent de la relation et souvent préoccupé. Nous nous sommes oubliés chacun…

Les deux jours prévus se transforment en dix. Louis, par prudence, ne m'a invitée que pour un court séjour ne sachant pas si notre cohabitation serait agréable. Quand il me propose de prolonger mon escale, je n'hésite pas une seconde et réponds par l'affirmative. Je lui emprunterai quelques chemises et pulls n'ayant pas prévu assez de vêtements. Je lave à la main, mon petit linge tous les soirs. Mon pantalon blanc perd de sa splendeur mais je n'en suis pas affectée. N'ayant prévenu personne de mon absence, j'appelle mes enfants pour leur dire de ne pas s'inquiéter de mon silence. Je suis en villégiature dans la région de Granville, pour écrire mon deuxième roman dans une maison prêtée par des amis d'amis. À chacun ses secrets. Les téléphones portables permettent d'être joint partout et à tous moments. Même si la réception n'est pas très bonne en dehors du hameau principal qui surplombe le port. Nul besoin d'alerter la terre entière.

Écouter mes intuitions, les suivre, elles proviennent d'une nécessité impétueuse à vivre. Saisir une opportunité proposée par la vie comme je l'ai fait pour l'appartement de Martin est une évidence. Cela m'a bien réussi. Je fais de même pour Louis. Aucune idée de ce que je découvrirai, ni où cela me conduira. Je dois y aller, c'est tout.

Cette semaine élargie, chez Louis, achève de renforcer la confiance en moi et en la vie. Nous nous aimons, vaquons à nos occupations séparément, nous retrouvons… Tout est simple quand on vit pleinement l'instant. Plus besoin de promesse à mon âge ! Libre d'être moi-même, car je n'attends rien. Si… passer simplement un bon moment comme il se présentera. C'est très nouveau pour moi. La soixantaine a vraiment du bon. Louis me fortifie.

Lève-tôt, tous les deux, nous profitons des longues matinées. « Le sorcier amoureux » avance à grands pas, mes deux personnages m'inspirent beaucoup. L'esprit de la collection de Bastien – transition pour nouveaux célibataires – est respecté. Louis bricole avec son artisan et je passe de longues heures devant mon ordinateur portable, les tablettes étaient peu répandues, il y plus de dix ans, dans le grand public. Nous nous retrouvons avant le déjeuner pour un bain de mer, puis préparons un repas simple avec des produits d'une grande fraicheur : poissons frais apportés par les amis pêcheurs de Louis et légumes du jardin de son voisin qui habite là à l'année. Selon l'avancée de nos travaux respectifs, nous prenons parfois le temps d'une petite sieste amoureuse ou repartons chacun dans nos activités pour nous retrouver à l'heure du thé et nous consacrer exclusivement à nous. Nous marchons tous les jours, effectuant plusieurs tours de l'île – qui n'est pas grande – embarqués dans nos silences respectifs ou de grandes conversations philosophiques. L'apéritif nous retrouve au restaurant du premier soir et nous y croisons des amis de Louis. Nous y dînons pour notre dernière soirée, c'est moi qui invite, j'y tiens.

En vous racontant, lecteurs, cette semaine avec Louis sur son île, je m'aperçois que dès le début de notre relation nous avons su préserver nos champs d'action personnelle. Louis ne posait aucune question sur l'avancée de mon livre ce que j'appréciais. Il avait plaisir à partager sa matinée et les difficultés rencontrées dans la percée d'un mur. Sans lui dévoiler le thème du « Sorcier amoureux », je le questionnais, parfois, sur ce qu'il pensait des vieillards amoureux.

— Tu parles de nous ? …

— Non, de vrais vieillards de plus de quatre-vingt-cinq ans,

— Ça va arriver vite tu sais… !

Nos échanges ouvraient des portes à mon imagination, Antoinette et Charles s'incarnaient de mieux en mieux.

Oui j'ai vécu ça. En quittant l'île, accoudée au bastingage du bateau du retour, je profite de la mer, une dernière fois avant Paris, laissant mes pensées circuler librement : «Tu as vécu ça ! Une histoire d'amour incroyable dans un lieu magique. Remercie la vie de cette parenthèse enchantée qui te donnera des forces pour toujours.» Je dis merci à la vie, à mes intuitions et mon courage. Oser, j'ai osé et j'en sors grandie.

Le voyage du retour se déroule dans un silence absolu. Plongés dans les bras l'un de l'autre, nous serons peu dérangés, le train est vide. Lors des arrêts, de rares voyageurs éparpillés sur le quai montent rapidement. Certains jettent un coup d'œil sur notre couple, croisent parfois mon regard ou celui de Louis. Nous profitons intensément de notre présence mutuelle.

En nous séparant sur le quai de la gare, nous nous promettons de revivre d'autres séjours enchantés dès que nos vies nous le permettront. L'enthousiasme n'y est pas. Nous craignons, tous les deux, de perdre la magie de cette relation en rentrant à Paris.

Nous en savons si peu l'un sur l'autre tant sur nos vies que sur nos engagements respectifs. Cela ne nous intéresse pas. Pas de fausses promesses pour un futur commun, juste un : « Merci, j'ai vécu un moment magique, je ne pensais pas que cela existait en dehors de mes rêves. » prononcé ensemble ce qui nous fait rire un peu nerveusement. Nous prenons date pour une soirée dans quinze jours, Louis a des déplacements prévus à l'étranger et moi des signatures dans des salons du livre en province et en Belgique.

Nous le savons… Nous allons vivre le manque l'un de l'autre ce soir et les jours prochains puis la vie ordinaire reprendra ses droits, effaçant peu à peu l'empreinte de ces dix jours. Chacun garde, précieusement et secrètement déjà, cette parenthèse enchantée comme une force de vie inaltérable. Nous le savons bien, l'un et l'autre, nos projets personnels en cours sont de l'ordre du vital pour chacun. Notre quotidien ne sera pas commun. C'est bien ainsi.

Avoir goûté au meilleur, la magie d'une relation libre qui n'attend rien, m'a toujours fait rêver. Passer du rêve à la réalité peut aussi décevoir, qui sait… les bonnes surprises existent aussi dans la vie.

> « *(…) La vie est folle, libre et volage,*
> *La vie s'étiole, quand on la met en cage,*
> *La vie est belle, chaude et sauvage,*
> *La vie ravit, la vie ravage. (…)* » [6]

[6] Jacques Higelin : chanteur (1947-2018) – La vie est folle.

L'accélération sereine

En rentrant chez moi je trouve un mail de mon frère annonçant sa venue, seul. Il aimerait que je l'héberge dans une semaine. Je devrais me réjouir mais je n'y arrive pas. Je n'ai pas envie de le voir pour le moment, ni lui ni personne, j'ai besoin de solitude, tout est si nouveau dans ma vie.

Sans perdre de temps, j'appelle Paul par Skype pour lui demander si son voyage en France est impératif à ces dates.

— Tu ne veux pas me voir ? me répond-il

— Si avec plaisir mais pas tout de suite. Je rentre de dix jours d'absence après les vacances avec les enfants et un déplacement pour une signature en librairie. J'ai besoin de me retrouver seule quelque temps.

— Tu étais où ?

— Trop long à t'expliquer je te raconterai.

— Ça marche ton livre ?

— Oui paraît-il, mais je n'ai pas eu mon éditeur depuis dix jours.

— Tout ça, sœurette, ça sent le trop d'émotions… Est-ce que je me trompe ?

— Non… Beaucoup de choses différentes… C'est assez incroyable et plutôt joyeux. Pourtant je suis secouée, car je ne m'attendais pas à une telle richesse dans ma vie.

— Tu te disais à la soixantaine, la vie s'arrête ?

— Non pas vraiment. Je n'ai pas ce genre de réflexions.

— Ben alors c'est quoi ?

— Comme si je sortais d'une coquille, comme si je sortais de l'œuf ! À mon âge !

— Je suis content pour toi, j'ai toujours pensé que tu ne vivais pas une vie à ta mesure.

— Ah bon ? Qu'est-ce qui te fait dire cela ?

— Je suis ton frère donc totalement fan de toi !

— Et alors ?

— Même si tu réussissais à la radio, ton émission je l'écoutais quand je pouvais, j'ai toujours pensé que tu avais des choses différentes à dire ou à aborder avec un angle qui n'est pas celui de tout le monde. Interviewer les gens, les mettre en valeur dans tes émissions c'était très bien mais, moi ton frère, je trouvais que tu te « rognais ».

— Reniais ?

— Non rognais, du verbe rogner… du nom rognure…

— Ah ?

— Oui tu t'enlevais quelque chose de toi…

— Mais tu ne me l'as jamais dit !

— Comment voulais-tu de si loin ? En plus, ce n'était qu'une impression, je ne vis pas avec toi, je te vois peu… J'écoutais TA vision des évènements, TON angle de vue… et je te répondais à partir de cela. Mais, j'ai souvent eu une sensation de tristesse en raccrochant après nos conversations. Je l'ai longtemps attribuée à la distance qui nous séparait mais aujourd'hui, je comprends que ce n'était pas seulement l'éloignement mais l'impression diffuse que tu ne pouvais être totalement toi et j'en souffrais pour toi.

— Oh Paul comme tu m'aimes ! Quelle chance ai-je de t'entendre me dire cela. C'est si bon ce regard que tu as sur moi.

— Comme toi sur moi…

— Tu sais, de mon côté, je n'ai jamais senti que tu n'étais pas toi. Tu m'as toujours semblé épanoui avec Chantal et vos enfants, vivant votre vie pleinement chacun et ensemble. Mais je projette peut-être mes rêves ?

— Non, tu ne projettes rien… Rappelle-toi mon départ au Canada… Nos discussions tardives, tes questions pour creuser mes raisons et combien tu m'as soutenu et encouragé dans ce choix difficile, il y a vingt ans. C'est à ce moment-là que j'ai craqué ma coquille.

— Oui, je me souviens… Tu as tout à fait raison dans ce que tu me dis sur « rogner », je peux t'entendre aujourd'hui. Avant je n'aurai pas pu, je l'aurai même vécu comme une agression alors que ce n'est pas ton intention. J'ai pris conscience de ma susceptibilité ces dernières années, après la séparation que je n'ai pas vue venir et qui m'a fait si mal. Il m'a fallu du temps pour comprendre d'où elle venait. Et bien tu vois il n'est jamais trop tard pour déployer ses ailes. Tu vas être content mon Paul, ta petite sœur va décoller… !

La conversation se poursuit. Je ne parle pas de Louis, c'est si nouveau. Paul reconnaît qu'il n'y a aucune urgence à sa venue. Il voudrait que nous achetions nos « home » à proximité l'un de l'autre. Il a envie de France depuis quelque temps. Chantal, sa femme, comprend son désir. Elle est même étonnée que cela ne soit pas arrivé plus tôt.

Cette idée de Paul de nous retrouver pour nos vieux jours me fait un plaisir fou. Il me manque bien plus que je ne me l'avoue même si grâce à Skype nous communiquons beaucoup. Alors je lui explique mon rêve, acheter une petite maison ancienne, en granit, dans le golfe du Morbihan. Je n'ai pas de lieu précis. Il me faut la mer à proximité pour s'y rendre à pied et sentir un coup de cœur pour le lieu. Du charme, une harmonie… que sais-je encore. Je veux sentir que c'est pour moi.

Paul reconnaît qu'il n'y a pas urgence. Maintenant qu'il m'a entendue, il est moins pressé de venir. Il s'inquiétait sans savoir pourquoi. Nos liens fraternels forts fonctionnent, même à distance.

S'installer dans le Morbihan, l'idée convient à Paul qui souhaite bénéficier de ma présence pour cette résidence qu'il habitera peu. Ses enfants ont besoin d'un lieu pour retrouver leurs racines françaises. Ils ont pleinement adopté le Canada et ne quitteraient pour rien au monde la vie de l'Amérique du Nord. Son home français serait à ma disposition quand mes enfants viendraient me voir. Je suis touchée par son attention et me réjouis de ce futur imprévu qui s'annonce. Nous convenons qu'il viendra en France lorsque nos recherches seront plus avancées.

Avoir « ma » maison c'est important. Une revanche qui efface un passé dans lequel je n'ai pas su exprimer mes désirs, mes besoins et qui m'a conduite là où je suis aujourd'hui. Cette nécessité vitale, oui vous avez bien lu « vitale », m'a imposé de ne pas avoir de projet avec Louis. Il a sa maison sur son île, j'ai eu une chance inouïe de découvrir son intimité dans son lieu. Je me sens incapable de sacrifier mon projet comme lui ne pourrait sacrifier le sien. Une question de réalisation de soi-même. Le temps est compté pour lui comme pour moi, même si Louis n'a pas encore soixante ans. L'urgence de se réaliser est cruciale pour chacun, nous l'avons pleinement accepté. L'avantage de tourner autour de la soixantaine, c'est d'assumer ses choix de façon plus sereine. Oser ce que l'on veut.

Mon frère repousse son voyage et nous convenons de faire des recherches chacun de notre côté puis de nous parler à nouveau dans une semaine. Je n'ai pas envie d'y passer trop de temps. J'appellerai quelques agences immobilières et expliquerai mon projet. Je ne veux plus perdre de temps, j'ai trop attendu. D'accord pour aménager, déménager, organiser… Mais je veux des propositions et qu'on me facilite la tâche en explorant pour moi.

Vous le lisez, lecteurs, ma vie s'accélère… Après ces cinq ans de vie assez solitaire concentrés à initier un futur inconnu qui m'embarque aujourd'hui, c'est un peu déstabilisant. Un changement de niveau qui change mes repères. Cinq ans pour relancer la vie, écrit ainsi cela semble long. Persévérance et courage furent sûrement déterminants, mais ce n'est pas comme cela que se pose l'équation. Je suivais mon instinct vital qui me disait : « essaie, ose, tu n'as rien à perdre. Que peut-il arriver de pire que ce que tu as déjà vécu ? Le temps passe, regarde devant, il y a encore des possibles que tu ne connais pas. À ton âge tu n'as rien à craindre. Tu as peur du vide ? Il est déjà là, alors plonge. ». Et puis plus tard, « continue il faut finir ce que tu as commencé, regarde tout ce qui t'arrive… ne lâche pas. ». La séniorité m'apparaît aujourd'hui avec le recul comme une force… L'écriture vous joue de ces tours parfois. En écrivant et me relisant, je le découvre !

Replongeant pour vous dans les sensations des années passées, je capte avec clarté la vie qui s'engouffre. Mon accueil, curieux et sans jugement, la nourrit et l'enrichit. Un vrai renversement de marée. Nouveau, perturbant. Je n'en ai pas l'habitude.

Lecteur, paradoxalement, cette joie, ce bonheur de la vie qui revient, provoque et libère aussi la souffrance enfouie, une douleur cachée, inconnue… Je mesure combien j'étais à côté de ma vie. Il n'a pas eu tort mon frère dans ses propos. Je me rognais. Il est fort ce mot mais il est vrai. Je ne cherche pas les pourquoi, ils me replongeraient dans le passé et, à soixante-cinq ans bientôt, seul le futur m'intéresse.

Plus la vie s'accélère, plus le besoin de silence s'impose. Sans, je me sens explosée, dispersée, diffuse, décentrée, suspendue, atomisée… désincarnée.

Alors je ne préviens ni mes enfants – pris par la rentrée des classes et la reprise de leurs jobs respectifs – ni Bastien de mon retour et je m'offre un ou deux jours de solitude.

Savourer cette belle harmonie des dix jours à Chausey. Repenser paisiblement à chacun de ces moments magiques, inimaginables, il y a quinze jours. Goûter la force nouvelle qui m'habite, la laisser se diffuser en moi. Libre, entière… Oui entièrement femme… Nouveau comme sensation et tellement bon. Je me relie à ma matière, je tiens debout, solide, et je peux ouvrir mes bras à la vie.

Je me sens tranquille vis-à-vis de Louis. Pas d'attente, en confiance et reconnaissante de sa générosité. Je sais qu'il existe et cela me va bien.

Déployer ses ailes

Rosalie m'appelle deux jours plus tard, elle veut me voir d'urgence. L'amitié est première et j'ai bien profité de mon silence.

Nous ne nous sommes pas vues depuis le mois de juin et nous voilà déjà à mi-septembre. Elle rentre d'un voyage de six semaines au Kazakhstan avec un chéri. Sa relation aux hommes est tout un poème. Rien n'est sérieux pour elle. Passant de l'un à l'autre, librement, elle s'abandonne un moment puis retourne à son atelier de peinture dans lequel elle s'éclate et s'accomplit.

Je lui ai présenté Soleil, elles s'entendent bien. J'avais besoin de réunir ces deux femmes qui m'ont ouvert les portes de ma vie.

Rosalie me donne la raison de sa venue dans l'urgence. Un ami qui travaille à France Télévision, vient de l'appeler en lui demandant si « son amie qui a sorti un livre » ne pourrait pas remplacer au pied levé, ce soir, un invité malade, dans une nouvelle émission littéraire de France 5 qui passe en première partie de soirée. L'éditeur voulait envoyer un autre auteur maison, l'animateur n'en a pas voulu.

— Tu te souviens de cet ami, il était au dîner que j'avais organisé pour te présenter Martin. C'était le plus jeune.

— Non pas vraiment, cela doit faire trois ans déjà.

— Ce n'est pas grave, on n'a pas beaucoup de temps. Tu es d'accord ?

— … ? ? ? Je ne sais pas quoi te dire ?

— Enfin c'est une chance incroyable ! Tu devrais sauter en l'air de joie ! Dis oui, je dois le rappeler rapidement.

— Je dois en parler à Bastien d'abord.

— Il sera ravi, tu le sais bien.

— C'est énorme !

— Ben oui c'est énorme… Beaucoup voudraient être à ta place.

— Tu me prends à froid, je voulais rester seule et n'être là pour personne.

— Raté, tout le monde va te voir ce soir.

— Non ! Je n'en reviens pas, tu es certaine ?

— Oui, c'est pour cela que je suis venue, il faut que je te drive.

— On appelle Bastien ?

— Tu appelles Bastien et moi mon copain.

C'est ainsi que je me retrouve, le soir même, sur un plateau de télévision. Bien qu'ayant l'expérience du direct à la radio, je suis dans mes petits souliers. Je dois parler de mon travail, à côté de vrais écrivains. Sans connaître le nom des invités, je me sens comme une intruse face à ces pros. Heureusement que je n'ai pas été prévenue plus tôt, je serai arrivée totalement angoissée. Là, pas le temps de se stresser, je me retrouve prise dans un tourbillon.

Bastien arrive à la maison dans l'heure. Il est enchanté. « Tu vois Esperanza, la chance est avec toi, je le savais ! Ça va être un accélérateur, j'ai appelé l'imprimeur avant de partir pour qu'il augmente le tirage ! ». Il est bien confiant. Et si au contraire ma prestation était désastreuse ?

J'ai le droit à cinq invités. J'appelle mes enfants parisiens pour leur proposer de venir. Enthousiastes, ils donnent leur accord alors qu'ils n'ont pas de garde d'enfant en vue. Je ne dois pas m'inquiéter, ils seront présents, ils se débrouilleront, ils ne vont pas rater cela. J'en suis émue.

J'appelle aussi mon frère pour le prévenir. Sa réaction est dans la suite de notre conversation des deux jours précédents : « Quelle joie tu vas enfin déployer tes ailes ! ».

Mes enfants provinciaux me disent qu'ils vont enregistrer, je n'y ai pas pensé, et qu'ils s'installeront avec leurs enfants, devant cette émission littéraire, ce soir. Ils semblent excités comme des puces et ravis pour moi.

Quel bonheur d'avoir un entourage proche qui croit tant en moi. Il est ma force et mon soutien.

Rosalie ne me lâche pas d'une semelle. Je ne sais pas comment m'habiller. Je passe d'une idée à l'autre, fébrile. Mes cheveux ! Je n'ai pas le temps d'aller chez le coiffeur, vite les laver et me faire un brushing.

— Tant mieux, me répond Rosalie, tu seras naturelle, c'est beaucoup mieux. Tu es resplendissante, tu dois avoir des choses à me raconter dis donc. Je ne t'ai pas vu comme cela depuis des années ! Il y a un homme ?

— Chut, ce n'est pas le moment.

— Il y a un homme.

— Promis, je te raconterai, mais pas devant Bastien.

— Ça me soulage, car je ne comprenais pas. Tu vis recluse depuis cinq ans comme une religieuse et pourtant je te connais, tu n'es pas coincée.

— On voit ça plus tard.

— J'ai beaucoup de choses à te raconter moi aussi.»

Louis m'a appelée deux fois déjà : le soir de notre retour et hier à midi. Nos échanges téléphoniques sont marqués par de longs silences. Nous n'allons pas nous raconter nos journées, cela dénaturerait notre relation. Même si ces appels sont courts, ils disent que nous sommes toujours fortement en lien. Je ne sais pas pourquoi mais je n'ai pas osé l'appeler la première. La situation est étrange. Aucun de nous ne fait partie de la vie de l'autre. Raconter un quotidien semble dérisoire. Alors je goûte ce nouveau plaisir de guetter le téléphone, telle une adolescente, et me rappelle cette semaine merveilleuse qui nourrit une paix intérieure. En même temps, qu'est-ce que cela vaut dix jours de parenthèse dans une vie pour deux êtres humains âgés de cinquante-six ans et bientôt soixante-cinq ans. Nous ne nous connaissons pas réellement. Aucun souvenir commun sur tant d'années excepté ces dix jours. Le moment est mal choisi pour m'évader dans des pensées inutiles, je ne connais pas la suite. Je n'ai jamais vécu ce type d'expérience, je n'ai pas de repère et aucun projet particulier excepté de vivre.

Rosalie et Bastien me préparent avec toute leur bienveillance. Malgré leur énergie, leurs encouragements je n'y arrive pas. Les mots ne sortent pas. J'ai des blancs et plus je m'applique pour leur faire plaisir, plus c'est catastrophique. Au bout d'un moment Rosalie prend la décision d'arrêter.

« Tu es une pro, tu as besoin de sentir ton environnement et tes interlocuteurs. Tout est nouveau. Tu verras, en situation tu sauras très bien te débrouiller. On te met trop la pression avec Bastien et c'est contre-productif. Il va falloir bientôt qu'on y aille, car on doit arriver en avance. Si c'est possible, on tâchera d'aller sur le plateau pour que tu puisses avoir quelques repères… Limiter les zones d'inconnu. De toutes les façons tu dois échanger avec une journaliste de l'équipe, car l'animateur ne rencontre pas ses invités à l'avance. Il viendra juste te saluer au maquillage. Tu feras connaissance des autres invités à ce moment-là. Ne t'inquiète pas, j'irai accueillir tes enfants ».

Rosalie me surprend toujours. Elle a repris son costume de communicante et challenge l'affaire ce qui semble convenir à Bastien qui s'impatiente de ne pas réussir à joindre son attachée de presse pour la prévenir. Même si l'émission n'était pas connue comme aujourd'hui, elle débutait et c'était la troisième. Passer en première partie de soirée sur une chaîne de télévision nationale, beaucoup d'éditeurs en rêvaient, cela boostait les ventes immédiatement le lendemain. Bastien se souciait de l'approvisionnement des librairies. À chacun son job et ses préoccupations. L'attachée de presse ne participera pas à cette aventure, un problème de portable. Elle m'en voudra longtemps, de l'avoir écartée. Bien que n'y étant pour rien, son absence me fit du bien. Elle était la seule fausse note de ma nouvelle vie d'auteur.

Nous arrivons tous les trois, deux heures et demie à l'avance. La journaliste m'attend avant les autres invités, car elle n'a pas pu m'interroger et veut préparer une fiche pour l'animateur.

De longs couloirs de béton comme dans des hangars, du matériel entreposé, des techniciens en petits groupes… Cela semble irréel. J'aperçois tout cela rapidement sans vraiment réaliser. C'est tellement différent, en volume, des couloirs et studios de la radio. Vous imaginez, lecteurs, l'émotion d'être dans ce lieu. Beaucoup auraient rêvé d'être à ma place. Peut-être m'avez-vous regardé ce soir-là et avez eu envie d'acheter ce premier livre grâce à l'émission ?

La journaliste, Fanny, me plaît tout de suite par sa franchise.

— François lit vite. Il s'est plongé dans votre livre au déjeuner. Ce n'est pas plus mal pour vous. Il l'aura bien à l'esprit mais manquera de recul et aura préparé ses fiches à chaud. Moi je n'ai pas lu votre livre, je vous connais juste par vos émissions de radio.

— S'il vous plait, j'aimerais éviter qu'on parle de la radio.

— Enfin Esperanza, vous savez bien que c'est ce qui permettra aux téléspectateurs de vous identifier rapidement.

— Oui mais c'est un premier roman. Je ne suis pas toute jeune, Fanny, j'ai soixante-cinq ans, enfin presque, et je préfèrerais qu'on insiste sur ce point, car cela peut donner des pistes aux auditeurs… euh non… téléspectateurs.

Mes automatismes de radio reviennent, je parle à une consœur et je ne suis plus écrivain, ce n'est peut-être pas le mieux à faire, mais c'est fait.

— Ah je n'ai pas vu les choses comme cela. Je préviens François mais il fait toujours ce qu'il veut. Vous ne vous êtes jamais croisés ? Il avait une émission dans la même station que vous.

— Je sais, mais nous n'avions pas les mêmes horaires.

— Qu'est-ce qui caractérise votre personnage principal ?

— Mes personnages principaux : Cerise et Pierre. Ce sont deux jeunes adultes, qui ont été architectes de leur vie malgré les difficultés importantes qu'ils ont rencontrées dans leur enfance. Ils avaient tout pour rater une vie et tout pour la réussir. Ils ont su tenir debout et devenir des adultes qui ne cherchent pas à être réparés par leur partenaire. Leur rencontre accélère leur réussite et le développement de leur propre singularité. C'est aussi un livre sur le rebond amoureux qui donne la pêche.

— Très bien. Vous savez qui sera à vos côtés ce soir ?

— Pas du tout.

— Yasmina Khadra, Catherine Cusset, Olivier Poivre d'Arvor, vous les avez lus ?

— Catherine Cusset, mais pas les autres. J'ai un livre de Yasmina Khadra, mais depuis deux à trois ans je ne lis plus beaucoup je suis concentrée sur mon écriture.

— Vous remplacez Matthias Enard, il a une extinction de voix.

Nous échangeons un moment. Fanny prend des notes puis elle s'éclipse. Je reste avec la maquilleuse et des techniciens. Ils sont sympathiques et m'aident à passer le temps. Les autres auteurs, habitués de la télévision, arriveront une heure avant le début de l'émission. En pleine promotion de leur livre, se retrouvant régulièrement sur les plateaux, ils ont tissé des liens. Polis avec moi mais sans plus, je ne demande rien non plus. Je suis surtout étonnée d'être parmi eux.

François Busnel passe rapidement nous saluer. Je vois dans son œil qu'il me jauge et m'observe pour choisir l'angle du début de son interview. Je le remercie de m'accueillir.

« La vie a ses bonnes surprises et vous en êtes une. Ma compagne a lu votre livre cet été et ce matin votre nom m'a été soufflé. Je vous aurai invité, peut-être, mais dans une émission consacrée aux premiers romans. Vous allez vivre une accélération les jours qui viennent, c'est toujours comme cela. J'ai lu votre ouvrage seulement aujourd'hui. Pour ce premier roman, Bastien doit être content. Vous passerez la dernière. ».

Je réponds un merci poli, hésite à lui poser une question… mais il ne m'écoute plus et se dirige vers Catherine Cusset. Il est déjà dans son émission.

En entrant sur le plateau, j'aperçois tout de suite mes enfants à côté de Rosalie et Bastien. Cela me fait plaisir de les voir tous réunis au cœur de ce public réduit.

Des échanges intéressants, le climat convivial me met à l'aise. J'oublie peu à peu l'émission en direct tout en étant spectatrice au cœur du spectacle. Quand vient mon tour, François Busnel commence ainsi :

« Un jeune auteur déjà plein de sagesse et d'expérience. » Une façon élégante de rappeler que je ne suis pas l'oiseau tombé du nid avec mes presque soixante-cinq printemps. Je tiens au « presque ».

« Alors Esperanza, pourquoi écrit-on un premier roman à votre âge ? Et est-ce le premier roman ? Qu'est-ce qui vous a poussé ? Cette histoire de Cerise et Pierre elle vient d'où ? ».

Je n'ai aucun souvenir de mes réponses ni des autres questions. Plus rapide que pour les trois écrivains précédents, il me laisse, quand même, exprimer tranquillement mon point de vue. La sincérité de son regard bienveillant et encourageant me met à l'aise.

Ces hommes de médias sont de grands fauves. Ils évoluent sur un territoire plus important que celui du commun des mortels. Les possibilités de rencontres, de situations improbables sont à une telle échelle qu'il leur est difficile d'échanger longtemps avec ceux qui ne vivent pas de telles expériences. Trop de décalage. Alors ils sont rapides, distants, ciblés et n'ont pas de temps à perdre pour ce qu'ils connaissent par cœur et qui ne leur apportera rien de nouveau. Avec leur instinct de grands professionnels, ils captent rapidement leurs invités et savent les soutenir dans leurs premiers pas si c'est nécessaire.

Il termine l'interview avec un grand sourire par :

«Je vous souhaite "Un brillant avenir". Ce titre du livre de Catherine Cusset est fait pour vous, même si vous n'avez rien de commun avec son histoire.»

Pas facile d'être le centre durant un moment. C'est le prix à payer pour le succès du livre et la possibilité d'en écrire d'autres.

«Déploie tes ailes» a dit mon frère Paul. Voler et planer avec justesse ne fut pas spontané mais ce soir-là, je crois que j'ai décollé tranquillement et sereinement.

François Busnel m'invitera régulièrement à la sortie de mes autres romans, rappelant à chaque fois notre première rencontre comme un clin d'œil et une fierté de m'avoir fait connaître. Je lui en suis extrêmement reconnaissante, il a été l'accélérateur qu'il avait annoncé. Le livre avait déjà ses lecteurs avant mon passage dans son émission. Le mouvement s'est amplifié plus rapidement, grâce à lui.

En quittant le plateau, je retrouve mon petit groupe de proches qui me félicite. Mes enfants émus ont les yeux brillants en me serrant dans leur bras. Des textos de ceux de province. «Les enfants se sont endormis, on leur montrera l'enregistrement demain. Tu nous as émus, super ! ! ! On est ravi pour toi !». Un autre de mon frère et de son épouse « Bravo ! Quand viens-tu le présenter au Québec, ta chambre est prête ? ». Et un autre de Louis : « Pour une première c'est une réussite ». Soleil, prévenue par Rosalie : « Bravo, je le savais et j'ai bien fait de t'inviter… C'est dans un mois tu ne m'oublies pas maintenant que tu es lancée ! ». Beaucoup d'émotions, je crois fondre en larmes et je me reprends. Tout cet amour de mes proches m'émeut et me nourrit. Je n'ai pas prévenu Louis, n'ayant pu m'isoler de Rosalie. Lui envoyer un SMS me semblait déplacé. Il était donc devant sa télévision ce soir. Rosalie enthousiaste se branche très vite sur Olivier Poivre d'Arvor. Elle est comme ça, à la recherche de rencontres voire d'aventures si l'opportunité se présente. Impossible de la remercier à chaud d'avoir été le relai de cette demande et d'y avoir cru, elle est passée à autre chose.

Bastien me félicite et disparaît pour rencontrer les uns et les autres ; il est comme chez lui.

On me tire par le bras, on veut me présenter. C'est fou comme tout peut basculer, rapidement. J'ai franchi la ligne d'arrivée d'une étape qui ouvre à d'autres concours.

Aboutissement d'un cycle, démarrage du suivant. À presque – vous le savez depuis que je le rabâche – soixante-cinq ans, j'entame une nouvelle vie, même si elle a été initiée depuis cinq ans, elle commence aujourd'hui.

Dans toutes les découvertes expérimentées depuis juin, l'émission de télévision n'est pas ce que je préfère. La lumière crue braquée sur vous manque de subtilité, déforme ou rigidifie un propos. J'apprécie la nuance des rencontres lors des signatures en librairies ou salons du livre. C'est plus feutré, plus doux. Là c'est violent. Il faut être solide pour vivre ça. Heureusement ce n'est pas toute ma vie, ce n'est qu'un moment pour la bonne cause, ma cause d'écrivain.

Hélas pour mon confort intérieur, mais tant mieux pour ma visibilité et la suite de l'aventure, le lendemain l'attachée de presse reçut plusieurs demandes pour des émissions de radio et de télévisions. Je les ai toutes honorées au cours des mois qui ont suivi, en m'améliorant peu à peu. Arrêter d'expliquer mon livre me libéra, les intervieweurs s'en moquent un peu, ils veulent juste de l'audience. Mon expérience passée d'animatrice radio n'est pas une aide, je suis maintenant de l'autre côté de la barrière.

Attentive et paisible, un seul objectif me porte : essayer d'aimer chaque personne rencontrée, chaque expérience, chaque moment aussi fatigant soit-il. Affronter ce monde des médias nécessite une bonne santé. J'ai vécu l'instant présent, pas plus et pas moins, durant le temps de cette promotion de « La douceur de boule d'épingles ».

Le tourbillon des relations

Le lendemain de l'émission, un magnifique bouquet de fleurs blanches est livré avec ce mot d'accompagnement : « Bravo Esperanza, maintenant vous êtes lancée... ! Je viens de terminer "La douceur de boule d'épingles" que j'ai lu d'un trait avec plaisir. On en parlera de vive voix à mon prochain séjour. Très fier d'avoir favorisé l'éclosion d'un écrivain... Martin ».

Rosalie lui a envoyé un mail. Il a regardé l'émission sur son ordinateur. Ce genre d'intrusion dans ma vie m'irrite en général et me charme chez Rosalie. Il n'y a rien à comprendre, c'est comme ça.

Ce geste de Martin est important, il fait partie de ma vie aujourd'hui. J'en suis là, grâce à lui en partie et il le sait bien. Sans son appartement, pas de rencontre avec Bastien et pas de livre. Avant mon départ en Bretagne pour les vacances familiales d'été, j'ai déposé dans sa chambre un exemplaire de « La douceur de boule d'épingles » avec cette dédicace : « À Martin, Initiateur de tant de choses... inimaginables il y a deux ans. Merci pour votre amitié. », accompagné d'une lettre plus personnelle de remerciements sincères. Surprise de n'avoir aucune réaction de sa part, j'en avais attribué la cause aux caprices de son invitée coréenne. Déçue, je m'étais rassurée en espérant qu'il n'avait pas pris encore le temps de lire ce premier roman. Ces fleurs confirment notre amitié sincère.

D'anciennes connaissances, avec qui j'ai perdu contact depuis bien longtemps, m'appellent. Je ne sais comment elles ont trouvé mon numéro de téléphone. Ça fait plaisir, même si nous n'avons pas grand-chose à nous dire. Il s'agit tout simplement d'une fidélité à notre enfance, notre jeunesse… un mouvement du cœur spontané : « je la connais, on était en classe ensemble… ».

Le succès de « La douceur de boule d'épingles » se confirme. Tout s'accélère après l'émission de télévision, il avait raison François Busnel.

La promotion du livre m'occupe plus que je l'avais imaginé. Les déplacements en province, les émissions de radio ou télévision sont chronophages. En ce qui concerne les médias je ne maîtrise rien, car tout se fait au dernier moment. Les assistants inquiets du moindre retard, surtout pour un direct, vous convoquent en avance mais trop. J'apprendrai à gérer le temps pour éviter d'attendre debout dans un couloir, à côté d'une machine à café, avec une ou un jeune stagiaire mal à l'aise ou trop admiratif.

« Tu es lancée » me dit Bastien, comme me l'a écrit Martin… Je ne sais pas ce que veut dire réellement cette expression, mais plus rien n'est comme avant… Je prends plaisir à répondre aux courriers ou mails, chaque jour plus nombreux. Des sollicitations pour participer à des colloques, des conférences ou des causeries autour de la vie des séniors – comment rebondir à la retraite, comment reconstruire sa vie après une rupture à soixante ans – parviennent à Bastien et son équipe. N'imaginant pas que l'écriture me conduirait à cela, je découvre un monde insoupçonné. La réussite de mon livre concentre les questions sur mon histoire et comment je suis devenue écrivain sur le tard plus que sur le livre lui-même. Je l'accepte de mieux en mieux.

Mes frais sont pris en charge, des dîners sont organisés en mon honneur par des clubs, il en existe un nombre incroyable : du club d'affaires à l'association de lecteurs, le panel est large. En province, il peut m'arriver de loger chez le ou la responsable de l'association invitante quand ses budgets sont trop limités. Cette intimité relationnelle imposée favorise des échanges profonds et sincères ou me fait, parfois, regretter l'hôtel et ma solitude. Ne pas être dupe des jeux de pouvoir et du business derrière ces rencontres. Chacun veut inviter la nouveauté du moment que je suis devenue. J'ai le vent en poupe mais il peut tourner rapidement.

Pour cette première promotion, j'ai tout accepté. Il me faut expérimenter ce nouvel univers pour construire mon opinion. Bastien est enchanté : « Comme tout est fluide avec toi. Tu n'as pas d'exigence ! ». Au nom de quoi aurai-je des exigences ? Des personnes se mettent en quatre pour me recevoir, font du mieux qu'elles peuvent que c'en est même touchant parfois et j'arriverai avec mes exigences… Impensable ! Ces personnes m'honorent parce que j'ai écrit un livre. Elles l'ont plus ou moins lu, peut-être, mais au moins elles reconnaissent le travail réalisé ou autre chose… Pour rien au monde, je ne souhaiterais les blesser. Ce que négocie l'équipe de Bastien pour moi est très bien, six mois plus tôt il aurait été impossible d'imaginer être là où je suis aujourd'hui.

Les années suivantes, lors de la promotion de « Le sorcier amoureux », qui connut un succès plus important, s'ajouta la découverte de l'univers des maisons de retraite, des EHPAD puis au fil des publications d'autres aventures humaines.

Une association m'invite à participer à un débat sur le viol et l'inceste, thèmes abordés dans « La douceur de boule d'épingles ».

J'accepte sans me poser de questions et suggère à Soleil de m'accompagner, car elle est de passage à Paris. Durant toute la soirée, je ne me sens pas à ma place : trop de douleur et de souffrance rendent certaines personnes agressives ou exclusivement centrées sur elles et leur histoire. Une participante me reproche d'avoir survolé l'inceste de Cerise.

— Je comprends mais c'est comme cela que j'ai eu envie d'écrire. Ce premier roman est surtout centré sur la résilience, sur comment Cerise ou Pierre ont construit leur vie d'adulte avec leurs traumatismes de l'enfance.

— Et la douleur des victimes vous en faites quoi !

— Ce n'était pas le sujet central de mon roman.

— Mais vous ne pouvez pas dire cela !

— J'ai choisi un angle…

Je fus sèchement coupée par mon interlocutrice

— Mais l'inceste ce n'est pas un angle, c'est un crime !

— Je vous prie de m'excuser.

Mes réponses sont inadaptées, je n'ai rien à faire dans ce débat. Alors je me tais. La douceur a manqué à ces échanges, je laisse rayonner celle qui monte en moi durant mon silence qui n'a rien d'hostile.

Malgré des années d'antenne en direct, qui m'ont confrontée à des situations humaines difficiles, je suis démunie devant tant de douleur. Impuissante devant cette souffrance si vive qui empêche toute prise de recul et de distance. Soleil n'ouvre pas la bouche durant toute la soirée ni après. De mon côté, je ne souhaite pas en parler, je risquerai de juger ces personnes si blessées dans leur chair et leur être… En sortant, nous nous prenons par le bras, hélons un taxi. Après s'être installées à l'arrière, dans un même élan nous nous prenons la main. Il la dépose en premier à son hôtel, nous n'avons pas échangé un mot… Je ne renouvellerai pas ce genre d'expérience, ce n'est pas ma place. J'apprends…

L'expérience acquise dans ce nouveau métier de romancier m'aide à me fixer quelques règles : un seul déplacement hors de Paris et pas plus de deux soirées par semaine pour la promo… Les rares entorses proviennent toujours de mon fait : difficile de résister à des personnes intéressées qui ont réellement lu mes livres. Nous avons de nombreux sujets de conversations communs et je prends un vrai plaisir à échanger. J'applique spontanément les conseils de Solange et Benoit, ces libraires rencontrés lors des premières signatures.

Grâce à vous, lecteurs, depuis ces années, mon cœur s'élargit. Chaque promotion de livre développe de nouvelles rencontres, des confidences. Ce qui constitue la trame de vos vies m'émeut et m'invite toujours plus à accueillir le genre humain tel qu'il est. Chacun fait de son mieux, parfois avec maladresse ou en étant sincèrement à côté de la plaque… mais avec ce qu'il pense être le mieux au moment présent. Et c'est beau une femme ou un homme qui trace sa route dans la vie simplement avec ce qu'elle ou il est !

Vos questions, sur les personnages, les environnements ou le déroulé du récit, créent et développent ce lien. Vous creusez intrigues et personnalités, proposez des angles différents, faites des suggestions… Nos échanges et vos regards m'inspirent. Votre fidélité construit une proximité amicale, bienfaisante et dynamisante.

Ne vous méprenez pas, lecteurs, je ne suis pas devenue naïve sur le genre humain. L'exposition, la visibilité dues au succès de mes livres m'ont aussi attiré quelques hostilités, remarques blessantes purement gratuites, jugements péremptoires, rejets incompréhensibles de ma personne ou récupérations de mes propos pour des causes que je ne cautionnais pas. Plaire à tout le monde est chose impossible ; c'est même une illusion qui peut conduire à gommer sa singularité. Devenue plus perspicace, je repère les environnements porteurs ou pas. J'ai appris à identifier les personnes qui tuent votre vitalité, limitent vos ambitions ou aspirent votre énergie. La critique ne me fait pas peur, au contraire elle fait avancer. Le regard de personnes mal dans leur peau qui du coup vous déforme, très peu pour moi. Si en plus, elles se servent de vous pour régler des comptes personnels, alors vite les fuir.

Le discernement n'était pas inné, malgré ma soixantaine. Au début de ce nouveau métier, je me suis laissé aspirer par ces perturbateurs de relations voulant rester polie ou de peur de passer pour distante ou hautaine. L'écriture m'a aidée à m'en protéger. En effet, polluée par ces échanges, je n'arrivais plus à rejoindre mes personnages, à les ressentir. Ils devenaient lisses et prévisibles. J'avais besoin de temps, de beaucoup de temps face à mon ordinateur pour produire quelque chose. Et quand je relisais mes textes, je m'ennuyais. Peu à peu, je fis le lien entre ces rencontres polluantes et mon écriture laborieuse, identique à celle du premier manuscrit retoqué par Bastien. Ce fut comme un coup de fouet. Ah non, je n'allais pas revenir en arrière ! J'aimais ma nouvelle vie, je déployais enfin mes ailes. Je me devais, pour vous lecteurs et moi, d'être vigilante et de ne pas me tromper de priorité. L'écriture avait redonné un sens à ma vie, je devais la respecter. À partir de ce jour, les importuns eurent peu de prise sur moi sans que cela me demande un effort. Je voyais leurs limites et mes limites, alors j'arrêtais la conversation à temps.

Au quotidien, des douleurs articulaires, une souplesse qui diminue, un corps qui freine… L'âge avance… Pas réjouissant. Pourtant je n'ai jamais été aussi heureuse. Ma vie s'accélère, s'intensifie. Rester à bord de mon existence, sans rien maîtriser d'autre que l'instant présent. Ne pas arrêter le mouvement de la vague, surfer dessus, l'accompagner et accepter d'aller là où elle vous emmène. C'est nouveau.

Le momentum

Aucune maison dans le Morbihan ne me convient, je ne me déplace même pas. Louis me suggère Granville ou ses environs. La proximité de Chausey me plaît. Paul est d'accord. Le hasard d'une rencontre, un coup de cœur partagé par mon frère et l'affaire se conclut rapidement après une année de recherches infructueuses.

Cette nouvelle aventure m'enthousiasme et pourtant j'éprouve des difficultés à m'y investir. Recherchant dans ma mémoire les sensations, émotions ou pensées de cette période, je comprends que cette quête d'un toit pour moi n'est pas neutre. Je dois m'affranchir de mes déceptions passées, de ce que je crois avoir raté, de ma soumission devant l'inaccessible, du « pour les autres mais pas pour moi… » accepté sans combat. L'acquisition de cette maison parle de moi. Que dit-elle de mes ambitions, mes rêves, mes peurs ? Quelque chose en moi, que je ne perçois pas, œuvre pour ne pas l'acquérir. Il me faudra un an pour en sortir. En écrivant pour vous ce dernier livre, lecteurs, je réalise que la réussite de mon premier roman régla ce conflit intérieur inconscient. L'acquisition de cette maison je vous la dois non pas matériellement mais psychiquement. Votre reconnaissance m'aida à me reconnaître.

La rédaction de ce paragraphe me surprend, tout en ne me surprenant pas. Voilà la magie de l'écriture. Elle met au jour des territoires dissimulés que vous pouvez explorer. L'écriture révèle l'aventure intérieure.

Nous trouvons, près de Granville, deux bâtiments de ferme restaurés avec goût. Ils sont à la fois proches, car nous partageons la cour et suffisamment distants pour nous permettre d'être chacun chez soi. Les jardins sont à l'arrière ce qui nous rend très indépendants. Je peux aller à pied jusqu'à la mer. Ce lieu nous attendait mon frère et moi. Pas de gros travaux à réaliser. Du charme, de la simplicité, de belles cheminées. Granville n'est pas trop loin pour les courses. J'y suis bien pour écrire.

Martin a pris sa retraite à son retour de Corée. Il poursuit sa passion des voyages extrêmes. « Tant que je suis en bonne santé, j'en profite ! ». Je l'attends dans deux jours à son retour d'une expédition en Arctique. Une chambre est à sa disposition quand il le souhaite dans ma maison normande. Il y passe de temps en temps. De mon côté, j'habite son appartement de Paris selon mes besoins : promotions des livres, accueil de mes enfants provinciaux.

Avec Louis, nous avons pris le temps de nous apprivoiser en nous découvrant à l'extérieur de nos domiciles respectifs. Je ne peux vous en expliquer la raison, cela s'est fait comme ça. Parfois, il me retrouve en province et d'autres fois je l'accueille à sa sortie d'avion et nous partons flâner. Je me sens en couple et seule à la fois. Cela me plaît.

Tant que Louis a occupé son poste, je l'ai accompagné dès que j'étais disponible dans ses déplacements à l'étranger. Nous en avons bien profité, Louis est un guide passionnant. Grands marcheurs tous les deux, nous adorons déambuler dans une ville. Je ne vois pas le temps passer, ne sens pas la fatigue, embarquée par sa passion de me montrer tout ce qu'il a découvert et dont les guides ne parlent jamais. Il court d'un point à un autre, me tirant par la main. Sa joie est communicative.

Il s'est arrêté de travailler il y a seulement trois ans, il est jeune ! Martin et lui s'entendent bien. Parfois, nous nous retrouvons tous les trois à Chausey chez Louis, d'autres fois chez moi. Je vais chercher un petit appartement sur Paris, proche de Louis, afin d'avoir un chez-moi parisien. J'en ressens le besoin maintenant que j'ai envie de lever le pied. Louis, je le sais, n'attend que cela mais j'ai mis du temps à me décider sans trop comprendre pourquoi.

La découverte de la tablette a changé ma vie. Légère je peux écrire n'importe où et n'importe quand. Les voyages et les rencontres nourrissent mon inspiration. Quand l'écriture de ce livre a débuté, il y a maintenant quatre ans, j'avais déjà publié dix romans, le dernier était en cours de publication. Le succès s'est confirmé.

Malgré les propositions de plusieurs éditeurs, je n'ai pas quitté Bastien, même si nous avons vécu quelques tensions. La dernière date d'il y a deux ans. Il m'a prévenu, sans que je puise m'opposer à quoique ce soit, qu'il retardait la parution programmée d'un roman. Je faisais partie de son fonds d'auteurs à succès. Il avait largement reçu son retour sur investissement et préparait l'étape suivante avec un nouvel auteur. Blessée d'être délaissée, je me suis consolée en me rappelant qu'il avait fait la même chose pour moi, dix ans auparavant.

Paul et sa femme viennent tous les ans passer un mois en France dans leur « home français ». Un été, tous nos enfants nous ont rejoints. Le mélange d'accent canadien et français chantonnait dans les maisons. Découvertes des cousins, des histoires familiales, des façons de cuisiner… Et enfin, nous avions le temps de nous parler. Mes enfants ne m'avaient pas vue souvent avec mon frère ces dernières années et mes petits-enfants ne le connaissaient pas. Rosalie passa avec son dernier amoureux, Martin aussi mais sans amoureuse.

Durant ces années, les marques de l'âge visibles d'abord sur le cou, sous les yeux et dans un corps plus épais, moins souple et à la peau moins ferme furent difficiles à accepter. Les réveils sont devenus plus laborieux, ma machine demandant plus de temps pour démarrer le matin. Difficile à accepter mais, pas le choix de faire autrement.

Louis est un veilleur attentif, témoin de mes bonnes surprises, mes découvertes et nouveaux apprentissages. Je le sens heureux de ce qui s'ouvre pour moi et paisible dans sa vie. Il me dit souvent : « j'adore la reconnaissance que tu reçois, tu la mérites bien ! » et je le serre très fort.

Un jour que nous devisons lors d'une promenade dans Paris, il s'arrête net, me prend dans ses bras :

— Une chance de t'avoir rencontrée, Esperanza, à cette période de ta vie. C'est une satisfaction profonde d'être le témoin de ton éclosion. »

Je me blottis encore et me colle à lui, prise d'une émotion intense. Il poursuit :

— Ma mère n'a jamais osé malgré l'ouverture d'esprit de mon père. Le regard des autres, l'image sociale comptaient plus qu'elle. Un véritable gâchis !

Tu me donnes à voir et même à participer à tout ce dont j'ai rêvé pour ma mère et les femmes en général : qu'elles osent s'accomplir. À chacune de tes avancées, quelque chose s'apaise en moi…

Je le regarde avec tendresse et émue :

— Je comprends ce que tu dis, je le sens. Moi aussi, je suis heureuse de te voir t'éclater dans tes projets. Te sentir accueillant de mon chemin, de mon succès me rend libre, fluide. J'ai déjà vécu un moment de réussite, il y a quelques années. Un homme en a été jaloux. Il en a même pris ombrage jusqu'à vouloir casser cette réussite à laquelle je l'associais bien volontiers. Devant les tensions et les conflits, je me suis sentie obligée de me mettre en retrait, ce qui ne l'a pas empêché de partir deux ans plus tard en cassant le mouvement du succès que j'avais initié, le momentum. Je me souviens parfaitement de la sensation physique que j'ai éprouvée à cet instant-là, sans comprendre ce qui se jouait.

— Le momentum ?

— Oui tu sais cet élan, cette impulsion du moment, cette conjoncture favorable, cette dynamique indispensable, cette longueur d'avance… On parle de cela dans le sport. Il ne faut surtout pas s'arrêter à ce moment-là, car on peut s'appuyer sur l'élan. C'est comme quand on démarre à bicyclette, il faut absolument pédaler pour garder l'équilibre. Continuer sinon on rate l'opportunité et après c'est trop tard. L'occasion ne se représente pas toujours et la recréer demande beaucoup d'efforts et de persévérance sans avoir la certitude d'y arriver.

— Je ne connaissais pas l'expression.

— Dans ma rupture, je ne l'ai pas compris tout de suite, c'est ce qui a été le plus douloureux. Rater ce momentum et redescendre dans les tranchées de la vie. Je m'étais mal entourée. C'est la leçon à retirer de cette histoire. Pour réussir, l'entourage est important.

— Bien sûr c'est un tout.

— Tu vois cette fois-ci j'ai continué, je t'ai rencontré et je vais pouvoir vivre sereine maintenant. Je me suis accrochée à une phrase de Camus pendant ce temps, tu la connais ?

— Dis-moi, je te dirai.

« Au milieu de l'hiver, j'apprenais enfin qu'il y avait en moi un été invincible » [7]

Louis resta un moment silencieux puis dit :

— L'avenir est à nous alors !

Soleil, à qui je raconte cette conversation, précise : « Seul un homme ou une femme suffisamment accompli peut se réjouir de la réussite de l'autre ! »

---

[7] Tiré de L'Été de Albert Camus (1913-1960), extrait du Retour à Tipasa, 1952

Ces dernières conversations que j'ai souhaitées vous rapporter, à vous lecteurs, m'inscrivent dans mes deux siècles et élargissent mon histoire de vie.

En regardant le chemin parcouru de ces années, je m'aperçois qu'à l'origine il y a l'amitié de deux femmes puis d'une troisième. Dès que je lui expose mon projet, Rosalie, confiante, organise le dîner où je rencontre Martin. Elle provoque la concrétisation de mon futur. Soleil nourrit ma création.

Martin inscrit ma dynamique dans le réel. Bastien convoque mon avenir, grâce à son intuition, et s'engage à mes côtés. Paul, mon frère de sang, ne me lâche pas. Il croit en moi, comme toujours, autant que je crois en lui. Notre relation fraternelle est ma première expérience des relations hommes-femmes. L'énergie de Louis me révèle l'incompris et me fait accéder à mon être femme.

Ma réussite de femme provient aussi de ces hommes. Des hommes ont contribué à ma réussite de femme !

L'apparition progressive de ces mots, au fur et à mesure que je les tape sur mon clavier d'ordinateur, me surprend, me bouleverse. Je ne comprends pas pourquoi j'éprouve une telle émotion en écrivant cela. Des larmes coulent sur mon visage mais je n'ai pas de sanglots. J'éprouve comme une libération. Je peux être fière de moi. Je n'ai plus à m'en vouloir, j'ai réussi à recréer le momentum.

Peu à peu, je me calme et prends du recul. La boucle est bouclée. Ce que l'homme a cassé, l'homme l'a réparé. La femme peut poursuivre son mouvement. L'altérité est redevenue possible.

Lecteurs, la faille qui m'a mobilisée et conduite à l'écriture se révèle enfin. Vos questions sur ma vie personnelle m'ont surprise au début, gênée parfois. «Je ne leur appartiens pas, j'ai droit à mon intimité», me suis-je dit alors. Découvrant la profondeur de la relation tissée avec certains d'entre vous, j'ai compris que vous souhaitiez savoir d'où je vous parlais. En toute sincérité, quand j'ai commencé à écrire ce livre pour vous remercier, je ne le savais pas. La blessure cachée s'est dévoilée des années après et c'est bien ainsi. Je croyais donner et je reçois, joli clin d'œil de la vie.

Le plaisir d'écrire. Un apaisement, une satisfaction sereine. Le sens apparaît à son heure.

Épilogue

Mon récit s'est arrêté là, tout était dit.

Il est resté en l'état, deux ans, dans mon ordinateur, sans que j'en parle à quiconque, ni à Louis, ni à Paul, Rosalie ou Soleil et… surtout pas à Bastien.

Je ne l'ai plus relu. Je n'y ai rien ajouté. Je l'ai presque oublié.

Pourtant, avec Bastien nous avons de nombreuses occasions de nous rencontrer. Les rendez-vous réguliers à son bureau ou au restaurant durant lesquels nous échangeons sur le roman en cours ou à venir. Dans son immeuble, quand j'habitais encore chez Martin lors de mes séjours parisiens. Je l'ai même invité, plusieurs fois, à boire un verre sur la terrasse ou à dîner, avec ou sans Paula, son épouse, lors d'un passage éclair. Il m'arrive aussi de descendre chez eux prendre des nouvelles des enfants – qui ne sont plus des enfants – entre leurs séjours à l'étranger et leurs études je m'y perds un peu. Durant les trois années de sa rédaction, je n'ai pas réussi à lui parler de ce nouveau livre sur lequel je travaillais.

Oui, j'ai mis trois ans à écrire ce dernier livre. Plusieurs projets à la fois. Je terminais « Le jongleur digital ». « Pétillante Mandarine » a suivi dans la foulée. Et, j'écrivais ce récit intime à un autre rythme. Revisiter ces quinze dernières années me plongea dans une aventure intérieure d'où ma lenteur. Au début, l'intention profonde de remercier mes lecteurs autant que l'intensité, qui émergeait de ma dernière partie de vie, m'emplirent de joie. Puis subtilement, sans que j'y sois réellement attentive, surgit l'impression de tourner les dernières pages de ma vie pour arriver au mot « fin ».

D'une certaine façon, j'ai dû faire un refus d'obstacle. En même temps, ce silence vis-à-vis de Bastien me fut nécessaire. J'écrivais ma vie, mon « intime ». Un besoin d'espace, de liberté, de temps et de solitude.

À la fin d'un déjeuner, il y a un an, remuant son café avec la petite cuillère plus longtemps que d'habitude, il me demanda tout à trac :

— Tu en es où dans ton écriture ? Souhaites-tu poursuivre dans cette collection ou aimerais-tu écrire autre chose ? As-tu d'autres projets dans tes tiroirs ?

Surprise par cette tirade de questions alors que nous venions à l'instant de décider du titre de « Pétillante mandarine », je répondis sans le regarder :

— Bien sûr que je continue !

— Tu n'as pas envie de changer, cela fait plus de dix ans déjà.

— Tu as une idée derrière la tête ? Tu veux me dire quelque chose ?

— Non, non Esperanza, pas d'idée derrière la tête, je posais la question comme ça.

Nos regards ne se sont plus croisés avant son départ. Sa question m'a mise mal à l'aise. Vite, saisir mon téléphone portable pour changer de sujet.

Si je lui avais dit tout simplement, en le regardant :

— Tu sais, j'ai commencé à raconter notre aventure et ce sera mon dernier livre mais je préfère t'en parler quand il sera fini.

Il aurait été enchanté d'être mis dans la confidence et aurait même ajouté, content :

— Tu vois, je sentais bien qu'il y avait quelque chose.

Ces sensations désagréables me parlaient de peur mais laquelle ? Peur de remettre ce manuscrit à l'éditeur ? Peur de mettre le mot fin à ma vie d'auteur ? À nouveau la peur du vide ?

Il y avait sûrement un peu de tout cela. J'avais eu un élan vers vous, lecteurs, en vous écrivant « ce dernier livre sera pour vous » et je n'arrivais pas à clore ou conclure.

Ces deux années ont passé sans commencer de nouveaux projets d'écriture. J'ai assuré, ponctuellement, les promotions des dernières parutions, quelques rares conférences. Il est vrai que depuis que nous avons, Louis et moi, découvert les réseaux sociaux, je préfère communiquer à travers eux. Je m'amuse beaucoup à y écrire de simples « post » selon mon inspiration du jour et mon plaisir. Louis tourne des vidéos ou prend des photos avec son portable. Nous les ajoutons à mes articles. C'est Bastien, fervent défenseur du digital, qui m'en a donné le goût et formée. Devenue à l'aise avec ces techniques, je touche plus de monde sans me déplacer, ce qui est moins fatigant. La promotion de mes livres, en plus, y est plus efficace. De nombreux lecteurs recherchent des liens plus directs avec les auteurs.

Depuis un an, nous occupons, dans le même immeuble, deux appartements contigus. Toujours le hasard, bien sûr, mais un hasard heureux. Quand j'ai fait part à Louis de ma volonté de me rapprocher de chez lui, il a pris les choses en main. Il s'est occupé de contacter les agences, de regarder les annonces de particuliers. Ne trouvant rien dans son quartier, il a pensé qu'il devait déménager lui aussi. Son idée m'a surprise. Ce n'était plus un appartement mais deux que nous devions trouver maintenant. A priori cela devenait plus difficile. Louis s'est fait aider par une chasseuse d'appartements qui nous a trouvés, vous n'allez pas me croire, lecteurs, deux appartements situés à trois immeubles de celui de Martin.

Le quartier a bien changé depuis bientôt vingt ans, il s'est embourgeoisé. Beaucoup de parents avec de jeunes enfants le rendent très vivant. Notre immeuble récent bénéficie des dernières normes d'économie d'énergie et autres obligations. Il y a même un espace commun que nous pouvons réserver pour faire un barbecue, interdit sur la terrasse, si nous avons envie. Ces deux appartements ont été remis en vente, pour une raison obscure, et nous avons sauté sur l'occasion.

Louis est enchanté.

— J'espérais que ce serait possible un jour que nous habitions ensemble ou côte à côte.

— Je me suis posé de nombreuses questions avec mes neuf ans de plus que toi et je ne voulais pas que tu sois mon garde-malade ou homme de compagnie.

— Tu es malade ?

— Non.

— Qu'est-ce que tu racontes alors, notre différence d'âge n'a jamais posé de problème ?

— Je me disais que je devais te laisser libre, que la différence d'âge serait gênante pour toi comme pour moi.

— Esperanza, excuse-moi mais je ne te reconnais plus. Tu pars où dans ta tête ? Nous avons une relation forte, merveilleuse qui nous enchante tous les deux depuis une quinzaine d'années.

— Oh oui !

— Et tu as hésité pour ce rapprochement alors que nous devenons plus vulnérables et avons encore plus besoin l'un de l'autre… !

— Oui, je me suis aussi dit cela.

— Je suis surpris mais je comprends. Chacun a ses secrets et ses mystères, même quand on est proche.

— Sa part d'incohérence aussi ! Je ne t'ai pas blessé au moins ?

— Un peu, car je ne comprenais pas pourquoi tu mettais tant de temps à te décider. Mais c'est tout toi… Ce n'est pas grave, je t'aime pour cela aussi.

— J'aurais dû t'en parler plus tôt. En même temps, tant que je n'avais pas pris ma décision ce n'était pas si simple…

Nous avons créé une communication entre les deux appartements. Louis a supervisé les travaux, les autorisations de la copropriété, le syndic, les déménagements, les emménagements… Presque dix ans de moins, une sacrée différence en termes d'énergie et de vitalité. Je dois aussi vous avouer, lecteurs, que je n'ai pas le goût pour cela. Puisque Louis prend les choses en main avec plaisir, pourquoi l'en priver. Il est si heureux de notre proximité quotidienne.

Le jour de mes quatre-vingts ans, Louis et mes enfants ont organisé une surprise, dans l'appartement de Martin. J'étais émue, très émue… Paul et sa femme sont venus du Canada avec leurs enfants – à la retraite, c'est à leur tour maintenant – et certains petits-enfants. Bastien est monté d'un étage avec son épouse. Soleil et Pierre avaient fait le déplacement. Rosalie était là avec son amoureux, Bruno. Quelques jours avant la surprise, elle m'a téléphoné :

— Il faut que je te voie, c'est urgent.

— Passe, je suis là.

— Je suis en bas.

— Monte !

Un peu inquiète pour elle, je l'ai trouvée paisible en lui ouvrant la porte. Un visage lumineux que je ne lui avais pas vu depuis longtemps.

— Je suis amoureuse pour de vrai !

— Tu ne l'étais pas avant ?

— Pas réellement, c'était des copains et on couchait parce qu'on en avait envie et besoin, voilà.

— Je le connais ?

— Bruno.

— Bruno !

— Oui, je n'en reviens pas moi-même.

Bruno est un des nombreux hommes que j'ai croisés, régulièrement, dans le sillon de Rosalie. Pour la première fois, elle m'a dit d'une voix pas très assurée :

— C'est sérieux et j'ai peur !

— Que peut-il se passer de pire ?

— Que cela s'arrête, je l'aime vraiment.

— Vis comme tu as toujours vécu, cela t'a réussi !

— Non, je ne peux pas continuer comme avant, je dois m'investir pour que cela fonctionne pour Bruno et moi.

— T'investir ?

— M'engager… M'assumer sans tout attendre de lui… Le prendre comme il est… !

— Je comprends mieux.

— C'est nouveau pour moi. Tu le sais. Je m'assume très bien toute seule mais dans mes relations avec les hommes c'est une autre histoire…

— Oui je sais…

— Tu es la première à qui j'en parle.

— Ma Rosalie !

À presque quatre-vingts ans, Rosalie, femme libre, envisageait pour la première fois de vivre sérieusement en couple. Bruno fêta mon anniversaire sans quitter des yeux sa Rosalie.

Martin, touché que mes enfants l'aient choisi avec Louis comme complice de la surprise en utilisant son appartement, nous fit une déclaration d'amour qui nous mit en joie, ce n'était pas son habitude d'exprimer ses sentiments. Mes enfants et petits-enfants passionnés par ses voyages l'appréciaient.

Je reçus une jolie méridienne, tapissée d'un Chintz fleuri ancien, venu spécialement d'Angleterre. J'en rêvais. La surprise fut totale, car personne ne m'avait sollicitée pour le choix de la forme et du tissu. Mes enfants s'étaient débrouillés avec Louis et c'était très réussi. J'allais pouvoir rêver, allongée face au ciel…

Ces quatre-vingts ans m'ont fait franchir une étape.

Une lassitude m'envahit par moment. Un besoin de rester en place, de moins voyager.

La mort est devant mes yeux tous les jours, ce corps qui se dégrade me le rappelle sans cesse. Je n'ai pas peur, j'ai fait mon temps. Je n'ai aucune envie de dépasser les quatre-vingt-dix ou cent ans. Je souhaite mourir vivante et décider de ma mort, si mon autonomie diminue. Je me suis organisée et ai prévenu mes proches.

Je laisserai une trace à travers mes livres, beaucoup n'ont pas cette chance. Il est facile d'y lire ma vie, mes choix, mes priorités, mes engagements.

J'ai eu besoin de franchir cette étape avant de remettre à Bastien le manuscrit enterré depuis deux ans. Contrairement à son habitude, il l'a lu en une nuit.

— Après un instant de surprise, j'ai été blessé, Esperanza, quand j'ai réalisé que tu ne m'as pas fait confiance pour ce dernier livre.

— Bastien, c'est un projet personnel !

— Je ne peux m'empêcher de me sentir exclu pour la première fois d'un de tes projets alors que j'ai été à l'origine de ta carrière.

— Je le sais… mais impossible de faire autrement. Tu me fais une crise de jalousie dis donc !

— Oui et non ! Je dirais plutôt une petite crise de possession…

— … ? ? ?

Je l'ai regardé en souriant.

Alors j'ai osé lui poser LA question qui ne me rendait pas fière de moi.

— Est-ce que je t'ai blessé en décrivant ton appartement et ton bureau ?

Avec un grand sourire, les yeux moqueurs, Bastien répondit :

— Je le sais depuis le temps que je te connais. Mon intérieur n'est pas pour toi ! On en rit avec Paula, parfois, en imaginant tes réactions face à nos goûts.

— Ouf j'avais une petite gêne…

— Petite seulement ? S'exclama-t-il avec un grand sourire.

— Je trouvais que ce décor te présentait au lecteur, mieux que tous les discours. Tu es un des personnages principaux dė ma vie, ne l'oublies pas. Ces vingt dernières années, je me les dois mais elles auraient été impossibles sans toi. Tu m'as donné accès aux lecteurs…

— Je sais, c'est mon travail et mon plaisir. Trouver des auteurs et les relier à des lecteurs.

Parti chacun dans nos pensées, il me dit :

— Je t'ai sentie sensible ces derniers mois.

— C'est vrai que ces quatre-vingts ans sont un cap que j'ai eu un peu de mal à passer. Mais c'est bon maintenant.

— Il n'y a rien à changer. Tes lecteurs vont adorer. J'ai appris des tas de choses sur toi. Tu vas devoir écrire encore un peu.

— Non juste pour les réseaux sociaux, mais c'est fini pour le reste.

— Oui, Esperanza, je l'ai bien compris, mais tu dois ajouter un épilogue à ton dernier manuscrit, pour le respect de tes lecteurs.

— Le respect ?

— Oui, tu dois raconter ces deux dernières années, depuis ton dernier chapitre « Le Momentum ». Tu leur dois la vérité jusqu'au bout !

— … ?

— Si…

Remerciements

Émilie Devienne, auteur de nombreux livres, dont deux romans, a été la première à me parler comme si j'étais écrivain. Un rêve secret, enfoui, qu'Émilie a su déceler. Ses conseils désintéressés et généreux, son respect furent une aide précieuse.

Laurent Joyeux, ami de plus de quinze ans, premier lecteur du manuscrit. Je n'oublierai pas un échange téléphonique « Paris-Cabourg » durant lequel je notais précieusement ses interrogations et ses suggestions comme : « Esperanza a plus de choses à dire… ! ».

Anne-Catherine Guervel, une perle sans qui ce livre ne serait pas entre vos mains. Elle a aussi créé la couverture.

Carla Querejeta Roca dont j'adore l'œuvre artistique qui m'a inspirée pour décrire le travail de peinture de Rosalie.

Gilles, pour son soutien inconditionnel et les horizons qu'il m'a ouverts.

Mes filles, Marie-Anne et Anne-Laure, indissociables de mon parcours de femme. J'entends encore le « je veux une suite… » d'Anne-Laure.

À propos de l'auteur

Depuis 2017, avec les outils du 21e siècle, Marie-Laure Voisard est devenue *La Débloqueuse*. Elle a su infléchir son propre destin, après avoir dirigé un cabinet de coaching fondé en 2001. À partir de son expérience, elle accompagne les personnes, de quarante ans et plus, en les aidant à débloquer leur vie pour construire l'avenir qui leur convient. Elle transmet cette sensibilité tant personnelle que professionnelle dans son écriture au moyen d'un blog ou de vidéos qu'elle publie sur les réseaux sociaux, sur son site et au travers de ce roman.

Pour suivre Marie-Laure Voisard, la Débloqueuse :

Blog et vidéos de la Débloqueuse sur son site :
https://debloqueuse.fr

Page Facebook :
www.facebook.com/marielaureladebloqueuse/

LinkedIn :
www.linkedin.com/in/mlvoisard/

Table des matières

23573253R00125

Printed in Great Britain
by Amazon